阅美文

石磨在诉说

郭灵胜 著

郭灵胜

西苑出版社

图书在版编目（CIP）数据

石磨在诉说 / 郭灵胜著 .—北京：西苑出版社，2018.12

ISBN 978-7-5151-0667-0

Ⅰ. ①石… Ⅱ. ①郭… Ⅲ. ①散文集—中国—当代 Ⅳ. ① I267

中国版本图书馆 CIP 数据核字（2018）第 283761 号

石磨在诉说

SHIMO ZAI SUSHUO

出 品 人　赵　晖
责任编辑　陶永学　辛小雪
特约策划　凌　翔
责任印刷　陈爱华　严令升
责任校对　刘娟娟
封面设计　戴　敏
出版发行　西苑出版社 XIYUAN PUBLISHING HOUSE
通讯地址　北京市朝阳区和平街 11 区 37 号楼　邮政编码：100013
电　　话　010-88636419　传真：010-84281520
　　　　　E-mail：xiyuanpub@163.com
印　　刷　三河市金元印装有限公司
经　　销　全国新华书店
开　　本　710mm × 1000mm　1/16
字　　数　160 千字
印　　张　13
版　　次　2019 年 1 月第 1 版
印　　次　2019 年 1 月第 1 次印刷
书　　号　ISBN 978-7-5151-0667-0
定　　价　49.80 元

目 录

第一辑 童年拾贝

第二辑　真情回味

第三辑　人生百态

第一辑　童年拾贝

胜　儿

“胜儿，回来啦？”“胜儿，看家来啦？”

一踏上熟悉的乡间小路，就开始推着自行车，这儿停停打几声招呼，那儿站站唠几句家常。浓浓的乡音，加上轻轻的、柔柔的儿化音，更添几分亲切。乡里乡亲，左邻右舍，男女老少，到处是亲切的笑脸。呼吸着充满泥土、庄稼气息的新鲜空气，听着“叽叽喳喳”的鸟叫声，心情倍感轻松、惬意……

从小，父母就只叫我名字的最后一个字，“胜儿”，乡亲们也跟着这样称呼我。

“胜”这个字，在方言土语中，有种字典里查不到的意思：当宝贝疙瘩哄着、宠着，“顶在头上怕吓着，含在嘴里怕化了”。在家乡，经常看到母亲哄孩子时，轻拍孩子后背，嘴里和着节奏，一遍又一遍地柔声地哼着：“噢，噢，睡觉觉，娘胜胜。”这是儿时在家乡听得最多、最美、具有浓郁地方特色的“摇篮曲”。

说起我的名字来，大娘大婶们和父母亲一样，经常不厌其烦地讲述一个故事：我们家姊妹多，到我这儿，已经是第六个女孩儿。在我两三个月的时候，村卫生室给孩子们打预防针，轮到给我打针了，赤脚医生陆申爷问母亲："孩子叫什么名字？"母亲说："还没起名呢。""没名字怎么行？临时想一个。"母亲脱口而出："别看俺家闺女多，越多俺越胜，俺这个闺女就叫'胜儿'了。"逗得人们哈哈大笑，有的笑得直抹眼泪，说："你们家一个多头儿闺女，叫什么'胜儿'啊！又不是什么缺宝，叫'多儿'还差不多。"母亲坚决地说："你们觉得是多头儿，俺觉得是宝贝。陆申叔，就给俺闺女写这个名！"

二十世纪六十年代末，重男轻女的思想仍非常严重，尤其是在农村，"娶个媳妇满堂红，聘个闺女满屋穷"。丫头都是赔钱货。曾听说，有些孩子多的人家再生下闺女，就把布或报纸浸了水，蒙在女婴的脸上，只需几层，只需一会儿……在那个年代，没有计划生育措施，缺衣少食，重男轻女……母亲非但没有嫌弃我的到来，反而给我起这样一个名字，在别人看来简直是匪夷所思。直到现在，中年的我走在家乡的路上，一些老年人早已不认识我了，但是一听别人说，"这是胜儿"，混浊的眼睛马上明亮了，"噢，是胜儿啊！知道，知道！都认不出了。你小的时候……"

长辈们还讲过这样一件事：我的一个在石家庄工作的远房姑姑家，已经生了六个儿子，就盼着生个闺女，偏偏又生了儿子，刚好和我一前一后出生。在家里一言九鼎的奶奶开始盘算着换孩子，趁着探望坐月子的姑姑，奶奶小心翼翼地说出了自己的想法，没想到一拍即合，奶奶高兴得不得了，赶紧回家商议。没想到，一向温柔、顺从的母亲说什么也不同意，对奶奶言听计从的父亲也一反常态，支持母亲。这可惹下奶奶了，一想起这事，奶奶就拄着拐棍，迈着小脚，来到院子里骂："唉，真是榆木脑瓜！人家白胖的小子换你的丫头片子，哪找这么好的事！""人家条件比咱好得多，闺女换过去还能抱屈啊！""我都快入土的人了，还不是为你们着想！”

1978 年，经历了十年浩劫的中国，终于迎来了全国科学大会的召开，在《科学的春天》感召下，县里成立了重点中学，要在全县小学毕业生中招收一百名初一学生。那年，我正好小学毕业，有幸被录取了。消息传来，乡亲们奔走相告，父母在高兴、自豪之余，又开始发愁、忙碌：父亲四处借钱，花五十元钱买了一辆半旧的飞鸽自行车，以后每个星期要用它接送我，因为家乡离县城十几里路程；把多年省吃俭用积攒下的粮食拉到公社的粮站，倒换成“粮食转移证”（相当于地方粮票），到学校后交给后勤；把母亲出嫁时的一个木制小鞋箱儿，重新用油漆粉刷一新，让我盛衣物；母亲买来一些花洋布，给我做了一床新被子，平时盖的都是粗布被子，免得到城里让人家笑话；扯几尺的确良布，做件新衣服，平时穿的都是姐姐们穿小的衣服，早已少颜无色，甚至打上了补丁……

现在人们觉得几十元不算钱，可是在那个年代，一个工分只值两三角钱。我们家都是女孩子，大姐已经出嫁，四姐、五姐和我还在读书，二姐、三姐和男人们一样劳动，得到的报酬却比男人低，一年下来，剩不下几个钱。为我上学，家里拉下了饥荒。

9 月 1 号开学那天，下着大雨。中午，母亲包了过年时才能吃到的饺子。饭后，母亲亲手把十元大钞装到我的衣服口袋，在外边用力摁了摁，好像这样就不会丢失了。

“带这么多钱干什么？”我问母亲。在这之前，经我手的钱最大面值是两毛。“学费、书费、伙食费，花钱的地方多着呢。穷家富路啊！别丢了。”那一刻，我忽然觉得自己长大了，要自己来安排自己的衣食住行了。母亲找来几块塑料布，给父亲和我的脖子里各绑一块，另一块裹住被褥。“去了学校，一定要吃饱，别太省细，要听老师的话，不要想家，一个星期很快就过去了……”母亲一边絮叨，一边抹眼泪。此时，我的心早已插上了翅膀，飞到了县城，飞到了学校。在这之前，我从没有离开过家，更没有到过县城。对于十岁半的我来说，县城充满着神秘和诱惑。父亲把臃肿的行李绑在后座一边，把我抱上自行车后座，嘱咐我坐稳，挽起裤腿，义无反顾地钻进雨幕。父亲吃力地推着自行车，踩着泥泞，深一脚浅一脚，向县城奔去，向学校奔去……狂风挟着暴雨，像鞭子一样，肆虐地向我们抽来。除了我们父女二人，公路上空无一人。茫茫雨幕中，父亲弓着背，用力地蹬啊、蹬啊……

从那一天起，我和众多学子一样，像一只翅膀稚嫩的雏鹰，离开了父母的怀抱；从那一刻起，父母平添了对女儿不尽的牵挂，不尽的思念。“儿行千里母担忧”，不管女儿长到多大，在他们眼里，仍是自己的宝贝疙瘩——胜儿……

杨老师

昨晚又梦见了杨老师，梦见她终于回到了我们村小学，虽然她已是满头银发，但消瘦的身材依然挺拔。梦里，她用悦耳的普通话对我说："灵胜，走，咱们压点水去。"（二十世纪七十年代，农村饮水要用压水井。）我说："不是有自来水了吗？不用压水了。"杨老师说："自来水没有农户井里压上来的水甜。"

1975 年夏天，我上小学三年级时，学校调来了一位女老师。（长大以后了解到当时的社会背景，猜测她大概是犯"错误"，从城市下放到农村的。）见来了新老师，学校唯一一间办公室门外，里三层外三层挤满了"小脑袋"，隔着门缝、窗户往里看，老师一开门，"小脑袋"们一哄而散；老师一关门，"小脑袋"们又都聚拢在一起。

新来的老师叫杨欣，五十岁左右，苗条挺拔的身材，是一个很特别的老师。

杨老师的发型很特别：齐耳短发，乌黑发亮，修剪得有层次。村里人管这种发型叫"洋头"。"洋"，是相对于"土"来说的，那时的农村妇女，要么把枯黄灰白的头发随便绾一个发髻，要么自己拿剪刀把头发齐齐一剪，然后别在耳后。杨老师的发型使她看起来更年轻精干。

杨老师不光发型特别，穿着也特别，洁白的的确良短袖衫，漆黑的裤子上烫着笔直的裤线，黑凉鞋，脚上竟然还穿着一双白袜子。在人们普遍穿着补丁衣服的农村，杨老师的衣着显得特别扎眼，我亲耳听到过别的老师在背地里撇着嘴议论杨老师：大夏天穿袜子，是图凉快啊还是图热啊，臭美！（那时，村里人夏天不光不穿袜子，还光着脊梁。）

再听杨老师说话，和其他老师也不一样，其他老师说本地方言，杨老师说话和收音机里的播音员一样好听。在我眼里，杨老师浑身上下洋溢着一种独特的魅力。这个剪“洋头”，穿袜子，说话“侉”的杨老师担任了我们班的全部课程。

杨老师第一次给我们上课，就注意到了个子矮小、文文静静的我，因为我整堂课倒背着手，坐得笔直，认真听讲。她问我叫什么，我小声地、腼腆地说出了名字，杨老师和蔼地说：“这个名字好啊，聪明、机灵，超过所有的人。”听老师用好听的北京话解释我的名字，我第一次觉得自己的名字那么好听，心里美滋滋的，别的同学也羡慕得不得了。从那以后，我上课回答问题也勇敢多了，每次都把小手举得高高的，而杨老师几乎每次都叫我。

记得当时语文课本上有一首诗：“天上星，亮晶晶，一颗卫星在运行，卫星高唱《东方红》……”学这篇课文时，我啰啰唆唆地问了好多问题，什么是人造卫星啊，它怎么会唱歌啊，人造卫星有什么用啊，我能听到卫星唱《东方红》吗？杨老师一直耐心地、不厌其烦地解释着。我觉得杨老师不光人好看，说话声音好听，知识也那么渊博。

因为我们已经是三年级的学生了，所以，学校开批判大会啊，办批判专栏啊，我们也开始有了任务。记得学校布置开“反击右倾翻案风”大会，要我们写批判稿，杨老师自言自语地小声嘟哝：“这么点儿孩子，哪知道什么‘左倾’‘右倾’，还写批判稿。”杨老师找来几张报纸，把我叫到她的办公室，把报纸上的一些段落画出来，让我抄在纸上，一遍一遍念给她听，遇到不认识的字就教给我，让我注上拼音，一篇批判稿就这样完成了。

开批判大会那天，三、四、五年级的全体师生在操场集合完毕，校长主持发言，说了几句开场白之后，就该学生发言了，“第一个发言的，三年级学生郭灵胜”。第一次在这样的场合，第一次有人连名带姓地叫我，我的大脑一下子没有反应过来，瞪着眼睛不知道该干什么。杨老师小声提醒：“该你上台了，别慌，就站在那张桌子后面读批判稿。”我也不知道害怕，走上台，一口气把所谓的批判稿念了下来，竟然博得了一阵热烈的掌声。下台后，见杨老师坐在我的小马扎上，我一时不知道该坐哪儿，杨老师亲切地把我抱到她的腿上坐下，我歪着头靠在她的怀里，幸福极了。

杨老师一人住在学校，办公室、寝室合二为一，非常简陋，吃水还要到农户家去打。放学后，学校就剩下她孤零零一个人，记不得从哪天起，下午放学后，我经常晚些回家，帮杨老师抬水、扫地、择菜，坐下来写作业陪她，我有不懂的地方，就喋喋不休地问个不停，杨老师这时更像一位慈母。我们一大一小，畅所欲言。有时，杨老师还留我吃晚饭，晚饭后，我们玩跳棋，玩扑克，不亦乐乎，直到该睡觉时，我才恋恋不舍地回家去。

就这样一晃两年的时间过去了。可最近一连几天没见杨老师的影子，她办公室的门总锁着……别的老师接任了我们班的课……办公室的门又开了，可是，出来进去的老师中始终没有杨老师！

上课，下课，放学，学校的一切活动照常，小伙伴们下课后照常疯玩疯跑，只有幼小的我心里空落落的，很茫然，想不明白到底发生了什么事，杨老师究竟去了哪里，总觉得杨老师会像往常出去开会一样，说不定哪天傍晚就回来了……没有人会注意，有一个小女孩儿经常躲在校园僻静的角落，默默地注视着办公室的门，久久不肯离去……

日子一天天过去了，杨老师终究没有再回来，就像她匆匆地来一样，她匆匆地走了，像一阵风，没给我留下一句话。

于是，杨老师和那间简陋的办公室里的场景，就经常出现在我的梦境里：有时是我写作业陪她做饭，有时是我笨拙地和她一起缝被子，有时是我们一起玩跳棋，有时是我们一起抬水……

多年后，我访问当年村革委会的成员，企图从他们那里获取一点线索，可是，人们早已忘记了杨欣这个人，更不清楚她去了哪里。然而，杨老师永远走不出我的记忆，永远走不出我的梦境。

柳笛悠扬

童年时代，在贫穷阴霾的笼罩下，家家户户肚子都填不饱，更别说给孩子们买漂亮的衣服、高档的玩具了。然而，记忆中的童年生活却丰富多彩，妙趣横生：光滑的石子、玲珑的骨子（羊的膝盖骨）、饱满的杏核，甚至杨树长长的叶柄，都能成为孩子们的玩具。

除此之外，还有一种大自然赐予穷孩子们的玩具——柳笛。它在发出天籁之音的同时，给孩子们带来了无穷的乐趣。

阳春三月，下过一阵细雨，微风轻拂，天空湛蓝。几个八角、蝌蚪风筝在蓝天白云的衬托下，静静地飘荡着。田野里，麦苗已经返青；小河边，小草刚刚冒出，到处是一片新绿。微风吹来，清清的河水泛起层层涟漪。河堤上，一排排高大的柳树沐浴着春风，睁开蒙眬的睡眼，吐出黄绿色的嫩芽儿，远远望去，缥缥缈缈，像绿色的行云，袅娜升腾在广袤的原野上。

一些柳树杈上，骑坐着几个男孩子，正在精心挑选柳枝儿。地面上，得到柳枝儿的孩子们正忙着拧柳笛，没有柳枝儿的孩子焦急地翘首等待，还有一些孩子用竹竿绑住镰刀，踮着脚，正钩低处的柳枝儿。

柳笛的制作看似简单，实则细节多着呢：挑选出光滑、粗细适中、疤节少的柳枝儿后，截取一段，用小刀先将粗的一头的柳皮环割一周，去掉，露出木质，然后，轻轻地、一小段一小段地拧，每拧一下，“啪”，手指就感觉到树皮和木质脱离开了，等拧到所需的长度时，剪掉多余的柳枝儿，用牙叼住早已露出的洁白木质，两手握住柳皮，慢慢地抽，一会儿，润湿、光滑的“白棍儿”出来了，嫩绿的柳皮筒就留在了手里。把柳皮筒较细的一头捏扁，刮去外面的青皮，露出水嫩的鹅黄色的“肌肤”。含在唇边，一股淡淡的清苦味浸到嘴里。

我小时候很笨，看别的小朋友做柳笛很容易，可是自己总做不好，不是拧得劲儿大，把树皮拧破了，就是劲儿小，皮和木质仍连着，柳条抽不出来。好不容易央求别人帮着做一个，可怎么也吹不响，直憋得小脸儿通红，大口喘气。小伙伴们都笑我，有的就教我，不能用力太猛，得悠着劲儿吹。于是，我深吸一口气，徐徐吹进，柳笛果然发出“哼哼嘤嘤”的声音，但更像蚊子叫唤，羞答答见不得人似的。后来几经练习，终于不负众望，“嘟——嘟”，柳笛在我嘴里也发出清脆响亮的声音了，我高兴得欢呼雀跃，和小伙伴们一起边吹边玩耍，心里像刚吃了块水果糖。

大概是因为自己天生愚钝，所以越发羡慕那些心灵手巧的伙伴们，大多时候，我只能静静地在一旁欣赏他们制作、吹奏。在众多的孩子中，有一个高个子男孩儿，经常穿一双露脚指头的鞋。他一出现，大家就停止吹奏，众星捧月般围拢了他。他做柳笛很特别，只见他像只灵巧的猴子，爬上树后，专挑选较粗的柳枝儿，做一个长长的柳笛。我们吹奏的柳笛两三寸不等，他拧的柳笛现在想起来，大约有数尺长，粗粗的，而且还别出心裁地在柳笛上挖几个“眼儿”，吹奏时，两手十指在“眼儿”上灵巧地跳跃着，于是，一首首如泣如诉的乐曲奇迹般流淌出来。在他的吹奏中，我仿佛看到了烈日下辛勤劳作的父老乡亲，仿佛看到了昏黄的油灯下纺线、做鞋的母亲，仿佛看到了饶阳、献县等地过来的面黄肌瘦的逃荒者……太神奇了！直听得我心驰神往、目瞪口呆。他叫什么？哪个村的？什么时候离开的？这大概是我最早的“青春偶像”吧。

“嘟——嘟——”“呜——呜——”柳笛声声，抑扬顿挫，此起彼伏。这美妙的声音，引来了洁白的鸽子，唤来了乌黑的燕子；吹白了晶莹的梨花，吹红了娇艳的桃花；让吃草的羊儿抬头欣赏，令拉车的牛儿驻足回味……

如今，各种中外乐器琳琅满目，各种音乐演奏数不胜数，然而，在我心中，那遥远的、悠扬的柳笛声才是世上最美妙、最纯洁的歌。

那个会做带“眼儿”柳笛的男孩，如今在哪里？还吹柳笛吗？

捉知了猴

不知是因为商业炒作，还是知了猴的营养价值确实是高，现在有的饭店把炸知了猴这道菜称为“唐僧肉”。不管怎么称呼，每当夏天和朋友到饭店吃饭，总要点一盘炸金蝉。那黄灿灿的颜色，香喷喷的味道，焦酥酥的口感，勾起了众人儿时的回忆。

下午放学后，太阳还没落山，树上的知了此起彼伏地叫着。一路小跑，到家后把书包一扔，去灶台拿上一块儿棒子面饼子，就赶紧往外跑，满村串着捉知了猴。

知了喜欢爬在柳树、榆树、杨树上唱歌，它的籽生在树枝上，秋天，树枝干枯后，知了籽随树枝落在地上，进入泥土，几年后变成知了猴，知了猴再就近爬上树，繁殖后代，如此循环往复。所以，谁家这些树多，谁家知了猴就多，谁家的夏天就免不了一拨又一拨孩子的骚扰。

那时候的农家小院都是低矮的土坯墙，虚掩的栅栏门，孩子们到谁家抓知了猴，都如入无人之境。

由于天还没黑，知了猴还深藏在洞里，这时的知了猴洞和蚂蚁等其他昆虫的洞大小差不多，样子也极为相似，但在我们这些经验丰富的孩子这里却无法蒙混过关，因为知了猴有两个钳子似的前爪，它想出来，须用自己的前爪从泥土深处一点点往上扒，一直到扒开地皮，所以，知了猴的洞口虽小，仔细看去，周边是一层薄薄的土皮。用手指轻轻一抠，洞口越来越大的就是知了猴的洞。有的小伙伴怕漏掉知了猴，见洞就抠，别的虫子的洞也跟着遭殃。

院子里，一群孩子猫着腰，甚至跪膝马趴地到处找，找到一个就像发现了新大陆，情不自禁地吆喝："这儿有一个。"别的孩子闻声跑过来，羡慕极了，直恨自己刚刚走过时怎么就没发现呢，眼巴巴地看着小伙伴抓出知了猴后，再到别处继续寻找。也有那淘气的孩子，把前些天知了猴爬出后的洞，用脚轻轻一碾，洞口不光小了，同样有一层土皮，跟真的知了猴洞一样。其他孩子去挖不光空欢喜一场，还引来小伙伴们一片笑声。

知了猴有的智商低，有的智商高。智商低的知了猴，见你给它扒开了洞口，喜出望外，或直接爬出来做了俘虏，或紧紧扒住你的手指，唯恐你把它丢掉，这时，你只需轻轻往外提，它就随着手指出来了。智商高的知了猴会意识到自己有危险，"哧溜"一下，迅速退到洞底躲起来，用手指再也摸不到它，于是，那些围观的小伙伴们一起下手，有的用手刨，有的去找铁锹、薅锄、小木棍，七手八脚把狡猾的知了猴挖出来。不管最后是谁挖到，都会放到最初发现知了猴窝的人手里。

串了一家又一家。天黑了，村里响起了母亲们叫孩子回家吃饭的吆喝声。各家院子里留下几个坑后，小伙伴们陆续回家吃饭，相约晚饭后再去谁家继续捉。

一顿饭的工夫，知了猴大部分爬出了窝，爬上了树。小伙伴们围着大树转圈圈，睁大眼睛上下看个不停。看见有个黑黑的东西慢慢往上蠕动，那准是知了猴。这时的知了猴有的距离地面尺把高，轻而易举就被拿下了；有的已经爬得较高了，得跳起来才能捉到，或者借助木棍儿捅下来；实在太高的，或者正在蜕皮的，就放它一马。

一场透雨后的晚上是捉知了猴的最佳时机，泥土松软，知了猴往外拱就不费力，出来的格外多，这时捉到的知了猴也格外多，加上雨后空气凉爽，有时捉到半夜都不愿回家睡觉。

捉回家的知了猴赶紧用水洗净，放入装有盐水的坛子里腌渍，等攒得差不多后，母亲会在大锅里放上一小勺油，用慢火把一锅的知了猴炕熟，让孩子们吃个够。

除过年时的猪肉外，知了猴当属那个年代的美味了。

割　草

秋天，是成熟的季节；秋天，是收获的季节。

提到成熟、收获，人们脑海里会浮现出红彤彤的苹果、金灿灿的鸭梨、沉甸甸的谷穗、白花花的棉田……而我，还想到了青草。对于青草，我总有一种别样的感情——亲切。

穷人的孩子早当家。小时候，经常帮大人们做一些力所能及的劳动：大人织布我纺线，大人做饭我刷锅，大人们下地挣工分，我就去割草、拾柴火。在这些劳动中，最有乐趣、最有成就感的莫过于秋天去地里割草，一斤晒干的青草能卖五六分钱呢。

那时的天，蔚蓝、明净、高远。那时的云，洁白、悠闲、变幻。中午的阳光依然炙热。午饭后，大人们还在午睡，村口，已经走出了几个小伙伴，每人肩上背一个粪筐，筐里放一把镰刀，急匆匆向远处走去。

村边地里的草早已被割完，必须去远处的地块。这几天，我们几个小伙伴经常去村东南几里外五队的那块玉米地里割草，那里不光青草茂盛，而且周边“资源”丰富，红薯、花生、黄豆应有尽有，对我们这些食不果腹的孩子来说，极具诱惑力。

路边，各色不知名的野花仍在绽放，洁白、蓬松的蒲公英不时向我招手，我不由得停下来，采几朵蒲公英，嘟起小嘴儿，向蒲公英徐徐吹气，看蒲公英的种子像一把把小伞一样在空中随风飘荡；小男孩们不时捡起土坷垃，用力扔向寂静的谷子地里，“扑棱棱”，无数只觅食的麻雀受惊飞起，飞到田边的树梢上，叽叽喳喳叫个不停。

来到那块玉米地，我们先坐在地头歇息片刻。“小勇，今天吃什么？”小勇在我们几个人中年龄最大，个子最高，我们都听他的。“烤红薯。”于是，大家七手八脚地忙活开了：有的拾柴火，有的刨红薯，有的捡大土坷垃块，小勇在闲地里选好土坡，先竖着切出一个断面，然后，横着往里掏洞，再往上刨，和地面掏通，在掏通的洞口，垒起土坷垃。灶垒好了，在灶里放上枯枝败叶，点燃，不停地烧。火苗从土坷垃的缝隙里冒出，温柔地舔舐着土坷垃。不一会儿，土坷垃烧得发红了，大家七手八脚，把红薯放进灶里，然后把滚烫的土坷垃敲碎，红薯被埋得严严实实后，各自钻进玉米地里割草去了。

一钻进玉米地，立刻觉得闷热，汗马上冒了出来。玉米叶子像锯齿似的，不停地划在脸上、脖子上、胳膊上，汗水一浸，一阵阵生疼。我可顾不上这些，看到草，赶紧蹲下，左手拢住草，右手握镰刀，“噌噌”地割起来，唯恐被别人抢去似的。玉米地里，有一种草叫“蔓子草”，茎像线一样，在地上匍匐生长，向四面八方延伸，一棵草能长一大片呢！茎节处，只长一些小须根，左手稍一用力，须根就断了，只需割主根，很容易割，而且晒干后很出草。这块地里这种草特别多，我和小伙伴们兴奋地、不停地割着，谁都不出声，不一会儿，身后就留下了一堆堆青草。这时，我们的小腿蹲得又酸又疼，手上，早已被苍耳种子坚硬的刺扎了好几下。实在是累了，肚子里咕咕直叫，想站起来休息一会儿，须慢慢的，膝盖才能站直，眼前直冒金星。

走出玉米地，秋风吹在身上，好凉啊！原来，小汗衫早已被汗水浸透，像刚从水里捞出来。小伙伴们也陆陆续续从地里钻出来，不约而同来到埋着红薯的地方，刨开坑，诱人的烤红薯香味扑鼻而来，把手上的土往身上蹭一蹭，就迫不及待地吃烤红薯了。

秋天真是个好季节，地里总有吃的东西。有时捉来一只只蚂蚱啊、蝈蝈啊，用马尾草穿成一串，点着火烧着吃。蚂蚱等昆虫的脖子上，长着项圈一样的东西，用草茎轻轻一捅就穿过去了。秋天，昆虫的肚子鼓绷绷的，都装满了籽，烤熟后，味道清香，别有一番风味。有时刨几棵花生，折几棵玉米秸。吃几粒花生，嚼一口玉米秸，甜甜的。饿极了，干脆就掰个嫩玉米，生着吃下去。

记忆中，那个年代的大人们对孩子们“偷瓜摸枣”之类的行为很宽容，从没人叫这些孩子“小偷”。二十世纪七十年代，谁家都吃不饱啊！个头比粪筐高不了多少的孩子，就知道替大人们分忧解难，谁还会苛刻地指责他们呢？

肚里有了食物，身上也有劲了，我们几个小伙伴再次钻入玉米地割草去了。

天快黑了，把割下来的一堆堆青草打理好，用膝盖压实，一抱抱放进筐里，用红薯蔓勒紧。回家了，我和小伙伴们每人背着满满的一筐草，背上像压着一座小山儿。

夕阳渐渐往下沉。天边，隐隐约约出现了一座座巍峨的群山，又大又圆的太阳一点一点往下坠落。酡红如醉的暮色中，几个小不点儿弓着身，艰难地、一步一步往前挪……

寒 舍

中华民族是礼仪之邦，自谦是一种传统美德，因此，不管自家住的是茅屋还是豪宅，统统称之为“寒舍”，而我所说的寒舍——简陋、寒酸的宿舍，却有望文生义之嫌了。

1978年暑假开学，父亲用专车——专门为接送我上学才买的一辆旧自行车，冒雨送我来到盼望已久的深泽中学报到。

来到宿舍，只见南北两排大通铺，中间是狭窄的过道，屋顶吊一盏电灯，如此而已。墙上，班主任老师早已贴好了同学们的名字，窄窄的一处栖身之地。来得早的一些同学已铺好了床铺，尽管家长们准备的蚊帐已经很小，但和栖身之地相比，仍然有种“铺天盖地”的感觉，只好两三人合睡一个蚊帐。宿舍里，蚊蝇歌之，跳蚤舞之。老鼠横行，悄悄与人们争食；蟑螂潜伏，默默与学生共寝。

刚开学的第一周，连续几天裹着蛆虫的干粮就着漂着油虫的菜汤，让第一次离家在外的孩子们想家不已。一天晚上熄灯后，不知是谁哭出了声，顿时，像有人指挥，一曲极抒情极哀婉的演奏开始了，宿舍里，嘤嘤嗡嗡、抽抽搭搭声响成一片，只有演奏者，却没有一名听众。

这时，是高二年级的大姐姐们，在备战高考的百忙之中，抽出宝贵的时间，给我们送来了无微不至的关怀。至今仍然记得，有一位叫周立平的大姐姐，经常和几个大姐姐一起，白天帮我们整理宿舍，教我们把被子叠成豆腐块，深夜怕我们踢开被子着凉，经常悄悄来到宿舍帮我们掖被子。（现在回想起来，不知道那时的宿舍夜里为什么不插门。）

在大姐姐们的关心帮助下，我和同学们的生活步入正轨，开始了紧张的学习，宿舍卫生也越搞越好。记得那时候，学生会经常搞卫生评比，卫生合格的宿舍在门口挂红牌。为了得到“卫生合格”的红牌，大扫除时，同学们想尽一切办法搞好宿舍卫生，使宿舍整洁美观。钻到床铺底下打扫尘土自不必说，那时候，个别家庭条件差的同学，带的两床被子都是粗布的，不如洋布的花样好看，有两个洋布被子的就和两个粗布被子的同学换一个，让放在上面的被子整齐划一，全是美观鲜艳的洋布被子；同学们还抻着绳儿放被子，把被子叠放得有棱有角，整整齐齐；洗脸用的毛巾也大小、花样不等，我们就挑选出型号一样大的毛巾，把粗布的、小的毛巾盖住，整整齐齐挂在绳子上；洗脸盆、饭盆上下扣在一起，整整齐齐放在墙根；箱子整整齐齐放在床铺下；床单抻了又抻，没有一点皱褶。就这样，简陋的宿舍显得干净整洁，每次检查卫生，我们都是“卫生合格”宿舍。

冬天，宿舍更是名副其实的“寒舍”，别说暖气了，连煤火炉都没有。夜里，下了晚自习，由于被窝里冰冷，好多同学和衣而睡。清晨，悠远的钟声惊醒了甜蜜的睡梦，同学们极不情愿地钻出被窝，不由自主地一阵阵打寒噤。叠被褥时，经常看到墙壁上结着一层厚厚的、亮晶晶的冰凌，和现在冰箱里的冰霜差不多。整理好床铺，赶紧捧起脸盆里的冰水混合物，匆匆洗把脸，赶到操场上早操。老公那时上高一，他回忆说，那时候，他们男生经常把一双双湿透的棉鞋放到老师宿舍的煤火上烘干，弄得老师屋里臭气熏天。

冬天的寒舍虽说艰苦，但也有乐趣。因为温度低，食物可以保存，于是，每个星期返校时，同学们都从家里带来好多吃的：馒头、烙饼、咸食、炒花生、炒咸菜丝等。我家虽说条件艰苦，但是母亲心灵手巧，她把干面粉在大锅里用微火翻炒成黄色，加少许白糖，装在袋子里让我带到学校，食用时，放开水搅拌均匀，居然又甜又香；由于家里白面少，她还发明了糁子、白面掺在一起做成干粮，挺好吃，带到学校，同学们居然争着用白面馒头、烙饼和我交换着吃。所以，到吃饭时，在寒冷的宿舍里，一群孩子围在一起，互相品尝着各自带来的食物，其乐无穷。

因为学校的科学管理，因为大姐姐们的关心，因为同学们的勤劳智慧，寒舍显得干净整洁。在这里，同学们互相关心，亲如姐妹，寒舍像一个温暖的大家庭。

悠远的钟声

读中学那几年，母亲常说，“每天天不亮，就听到你们学校传来的钟声，当——当——当，我就想，俺妮儿该起床跑操了”。少不更事的我常常暗笑，深泽中学的钟声怎能传到十里开外的母亲耳朵里?

现在想起来，那是因为母亲牵挂女儿，极力捕捉女儿学校的点滴信息，再加上三十年前的凌晨几乎没有噪音，母校那口硕大的铜钟，高高地吊在杨树杈上，发出的声音传到十里开外也就不见怪了。

母亲一次也没到过我的母校，她对那座深泽县最高学府有着强烈的好奇心，因为她十一二岁的小女儿在那里就读。于是，每到星期天，我就给母亲讲述我的母校：“我们深泽中学可大可大了，”我自豪地把两只小胳膊尽力往直、往远里抻，“学校的大门，比咱一间房子都宽。高高的院墙、高大的门座，全部用青砖垒砌，‘深泽中学’四个鲜红的大字，像一道彩虹，横跨在大门上。一进大门，是一条甬道，直通到操场。甬道两边是一排排房屋，门口有间传达室，传达室的白师傅专管敲钟，你听见的钟声就是他敲的。沿甬道往南走，有一棵枝叶繁茂的大杨树，大钟就吊在树上。我们五班的教室和宿舍，在学校的东北角。单说我们的教室，比咱这三间房还要大。学校有多少这么大的教室呢？我没数过，但是可以算出来：初中六个加高中十八个，总共有二十四个教室，除此之外，还有物理实验室、化学实验室、图书室、阅览室、舞蹈排练室等，还有老师宿舍、学生宿舍、食堂，一趟一趟的，每一趟都比咱这一趟街还长。晚自习时，教室里的灯棍儿可亮堂了……”母亲听得目瞪口呆，因为她和我以前一样，只见过家乡那座只有六个教室、两个办公室、操场如屁帘大的小学校，自然也没见过灯棍儿了。当然，我是不会给母亲讲床铺如何拥挤，宿舍如何寒冷，伙食如何糟糕的。当晨风把缥缈的钟声送到耳边时，萦绕在她脑海里的，是明亮的教室里琅琅的读书声。

那时，钟声就是号令，指挥着全校师生的工作和生活，起床、熄灯；上课、下课；考试入考场、发卷、答题、收卷都有不同的钟声。每天清晨，还在睡梦中，洪亮、悠远的钟声就响了，同学们赶紧起床、洗漱，快步到操场跑操。操场在学校的最南边，四百米的跑道，里面有篮球架、单杠、双杠、沙坑，还有一架集秋千、爬杆、爬绳、软梯等为一体的联合运动器。课外活动时，操场上热闹极了，打篮球的，打排球的，跳高跳远的，最热闹的地方还要数联合运动器了，同学们争着荡秋千，爬软梯，男生们像猴子一样灵巧地爬上爬杆，矜持文静的我只有做观众的份儿。终于按捺不住联合运动器的诱惑，在一个月光如洗的夜晚，我和另一个同学约好，借着去厕所（操场的西北角有厕所）的机会，踅向联合运动器，我们玩了一会儿秋千，又提心吊胆地爬上了软梯，享受着那种在柔软、摇曳中步步登高的惊悸与刺激。

母校的钟声催我们早起，母校的钟声伴我们入眠。在钟声的催促下，一批批少年发奋求知，在钟声的陪伴下，一届届学生长大成才……

母校，像一棵古树，虽然硕果累累，但由于经历了太多的风风雨雨，一些枝叶早已枯朽。改革开放的春风使这棵古树再次焕发青春：不锈钢金属自动门替代了锈迹斑斑的旧铁门，深红色的门座像一把火炬，“河北深泽中学”六个大字熠熠生辉。一进校门，迎面是一座粉红色的办公大楼，“团结奋进，严谨求实，厚德博学，坚毅创新”十六字校训彰显着母校的精神品质，大楼正中悬挂着一块巨型电子钟，时时提醒着全校师生惜时如金，争分夺秒。

再也没有那简陋的教室，再也找不到那拥挤的板铺，再也不见那漆黑泥泞的小路，取而代之的是鳞次栉比的楼房、造型优美的华灯、干净整洁的水泥地面。校园内，松柏苍翠，绿草如茵，鲜花盛开。教学楼、办公楼、学生公寓、科技楼、大型餐厅和图书馆，一座座大楼如雨后春笋，拔地而起；现代化、信息化的教学设施如一只机动灵活、伸缩自如的大手，掌控着全校师生的教学和生活，使母校的教学、管理更加规范化、科学化。大型文化长廊时常更换主题，营造着健康向上、催人奋进的文化氛围。莘莘学子在优雅舒适的环境内求知。改革开放四十年，家乡发生了巨变，母校也化茧成蝶，插上了腾飞的翅膀。

“丁零零”，悦耳的铃声在校园响起。

再也听不到母校那悠远的钟声了！

操场上那架秋千还在吗？

最美的那件背心

八岁那年夏天，娘给了我一个大大的惊喜！让二姐为我买了第一件新衣服——白色的针织棉背心。

说“惊喜”其实并不准确，当二姐兴致勃勃地把洁白的、印着鲜艳图案的背心摆在我面前时，我瞄了一眼，仍旧自顾自地玩着，是那种事不关己式的无动于衷。

除了大姐已出嫁，还有四个姐姐待嫁闺中，家里还从没给五姐买过新衣服呢，馋得她经常偷穿姐姐们放在柜子里的衣服，平日五姐也舍不得穿新衣服，怎么会轮到给我买；不年不节，不走亲戚，全家人谁都不可能买新衣服，怎么单单为我买新衣服？很显然，她们又在逗我玩儿，我才不上当呢，所以，当时我心里根本没有“惊”，也没有“喜”。

二姐见状说：“不待见？不待见我去供销社退了啊。”我说：“不管，爱留就留，爱退就退，反正不是给我的。”二姐说：“你个小灵精鬼，说你聪明，怎么糊涂了？你看背心的大小肥瘦，谁能穿进去？不是给你买的是给谁买的？”

听二姐这么一说，我真有点儿吃惊，难道真是给我买的？仔细观察姐姐双手提着的背心，洁白的背心前面印着漂亮的图案：碧蓝的湖水中有两只大白鹅正在嬉戏，黄色的扁嘴巴，头顶红色的肉疙瘩，黄色的脚蹼在水中清晰可见。远处，巍峨的群山间，一轮红日正在冉冉升起，群山、红日倒映在湖水中，好看极了。

“待见，待见！谁说不待见了。”我迫不及待地说完后一把抢过了背心。“穿上试试。”二姐帮我脱掉身上的旧衣服，穿上新背心，我喜不自禁，低头看着，小手想摸又不敢摸，唯恐弄脏了新背心。二姐看我局促的样子，笑着说：“傻样儿。挺好看的，先脱下来吧，上学去再穿。”我小心翼翼地把背心脱下来，小心翼翼地叠好，平平整整地摆放在了炕头。

“姐，娘怎么有钱给我买背心了？”我疑惑地问。姐说：“咱们纺线子的钱支出来了，你那么听话，又是搓棉条又是拐线子，跟俺们一块儿紧忙活，你的衣服都是捡的我们穿小了的衣服，都打着补丁呢，该给你买件新衣服了。”

原来，不远处邻县的村子开始做副业了，他们主要是打绳子卖，先把弹好的棉发放给各家各户纺成线子，再收回去加工成长短、粗细各异的绳子。

领回一包包熟棉后，娘让我负责第一道工序——搓棉条，供她和姐姐们做技术活——用纺车纺线子，然后，我再把纺好的线穗子用楞子拐好拧成一绺一绺的。

晚饭后，月色中，院子里一字排开几辆纺车，纺车嘤嘤嗡嗡，姑娘们说说笑笑，娘带领着我们干得热火朝天。

那件洁白的背心是我记忆中最美的背心。

秋千荡悠悠

俗话说，腊七腊八，冻死寒鸦。刺骨的寒风，坚硬的土地，阻挡不住小伙子们的热情，他们那长满茧子的大手握紧镐柄，有力的臂膀抡起镐头，“铿铿”地砸向地面，一块块带着冰凌碴的土块儿四处飞溅……

打记事起，春节荡秋千就是农村娱乐活动的重头戏。农村人实诚，架的秋千总是那么高大，回想起来，应该有现在两层楼那么高吧。这在当时只有低矮的土坯房的农村，确实是庞然大物。

每年的腊月二十七，村民们就开始张罗着架秋千。架秋千可是个技术活，因此每年都是请那几位“老把式”管事，他们抻着线，画上点，指挥着小伙子们在革委会空旷的大院子里刨出六个一人多深的大坑，六个坑分别占据两边，每边的三个坑呈三角形。

坑刨好后，人们抬来几根碗口般粗细的杆子，杆子结实而有韧性，最适合搭各种架子。把三根杆子较细的一端结实地绑在一起，叉开后，另一端放进早已刨好的深坑，众人喊着号子，用绳子把“爪”字形秋千架架起，另一部分人在坑里填土，夯实。两边高高的“爪”字架好后，再分别爬上去几个壮小伙子，把结实的横木架在两个“爪”字架上，横木上套着硕大的铁环，铁环上绑着结实的牛筋绳，牛筋绳下端，再拴上一块儿一脚多宽的厚木板。一架高耸的秋千就架好了。

临近年关时，家家户户都在忙年，秋千架下就冷冷清清的，偶尔见几个小孩儿，你推我几下，我推你几下荡着玩。

正月初二开始，秋千架下就热闹起来了，人们三个一群儿，五个一伙儿，穿着过年的新衣服，熙熙攘攘从各家各户来到秋千架下，争着抢着荡秋千。说争抢，有时是小伙儿们和姑娘们嘻嘻哈哈推搡、争抢，互不相让。如果小伙儿们争得了秋千，那姑娘们只好当观众；如果遇上那泼辣的姑娘，小伙子们只好绅士地退下来。

率先登场的，一般都是荡秋千高手。那英俊健壮的小伙子，冒着飕飕的北风，甩掉厚重的棉衣，只剩下鲜红的里衣，在秋千板上向前、向后奋力蹬，越荡越高，越荡越高，像鸟儿一样飞了起来，围观的人不断叫好。随着秋千板不断升高，人的身体也越来越倾斜，等荡到和横木那么高时，身体荡过来像平躺，荡过去像趴下，险象丛生，似乎随时要摔下来，观看的人群不断发出阵阵惊呼，偏偏他就不停下来，还要用力蹬，眼看他的脚都超过了横木，倒竖起来，绳子拉得横木咯吱吱响了，围观的人群中，老年人急得开始喊了，“别蹬了，快停下来吧！”小伙子非但不停，身体反而来个反转，人们情不自禁地发出一声惊叫，只见他稳稳地踏在踏板上，停止了蹬板，笔直而潇洒地站在秋千板上，凭着惯性，悠闲地荡来荡去，等秋千低了，早有跃跃欲试的人去拉住绳子，让小伙子下来。等秋千停稳后下一个人登上去，表演再次开始。

下来的小伙子大汗淋漓，将军般得胜归来，惹得姑娘们投去艳羡的目光。

小伙子几番登场后，姑娘们按捺不住了，纷纷上去抢秋千绳。荡秋千有个不成文的规矩，谁拉住快要停下的绳子，帮秋千上的人下来，谁就算排上了队。

在众人围观下，姑娘们大多两人结伴一起，一来脸皮热，两人一块儿，可以分担些小伙子们投来的火辣辣的目光；二来两人配合省力些。姑娘们力气小，秋千荡得也温柔，不高不矮，不疾不徐，慢悠悠地荡来荡去，她们不好意思占秋千时间长，往往荡一会儿就下来，换上另外两人。

荡秋千是一种娱乐，是一项运动，更是一场展示，谁家姑娘衣服做得合身，谁家姑娘鞋脚衲得式样新，谁家姑娘出落得更高挑漂亮了，全然逃不过小伙子们犀利的目光。于是，过不了几天，媒婆们开始走家串户，说媒拉纤了。

我那时还小，姐姐让我坐在秋千板上，她站着蹬秋千把我带往高处，让我体验荡秋千的乐趣。风呼呼地从耳边刮过，秋千越荡越高，一次次自由下落时，心随着“悠”得一下紧张起来，惊险而刺激；一会儿看见革委会的房顶了，一会儿又看见远处的树木田野了，那种居高临下、飘忽不定的感觉，妙不可言。

从初二到十五，秋千架下永远是那么热闹。这拨人还没回去吃饭，那拨人已经接续上了。正月十五后，生产队陆续开工了，秋千架下的人越来越少了。过了二月二龙抬头，秋千架就拆掉了。年过完了，一切又恢复了正常，人们盼望着来年再架秋千，荡秋千。

不知道从什么时候开始，村里不再架秋千了，那高大粗笨的秋千，那欢乐热闹的场面虽不再见，但永远留在了人们的记忆里。

那高高的土堆

农村人和城里人对土的情感，大概是差距最大的。城里人厌恶土，远离土，每天恨不得不沾一点儿土星儿，他们觉得土脏，如果孩子手上身上沾了土，他们保准斥责孩子，看你满身土，这么脏，快去洗洗。农村人就不同了，他们对待土像对待亲人一样，有着深深的眷恋，农民祖祖辈辈、年复一年地在土地上春耕，夏播，秋收，晴天一个土人儿，雨天又一个泥人儿，如果没有土地，怎能养活一代又一代人呢？农民对土的这种深情已经扎根在心里，深入到骨髓，他们的孩子打小就以玩土为乐……

深秋，给麦田压过冻水后，一年的农活儿基本结束了，每家每户就该拉土了，生产队指定了拉土的地块后，人们像抢宝贝似的一车车往家运，家家户户院子里的南墙根下，堆起了高高的土堆。这些土一般是细细的黄土，它最大的用途是和柴木灰混在一起垫猪圈，积肥。然而，对孩子来说，高高的土堆是他们的乐园。

故乡的春天格外短暂，似乎刚脱下棉衣，就该穿单衣了。南房凉下的土堆是孩子们绝好的“避暑胜地”。母亲们把纺车、针线笸箩、蒲团等拿到南房凉，结伴看孩子、唠嗑、干活。所以，每天的土堆上都会聚集着一群孩子。他们有的拿着自己吃饭的小铁碗，有的拿着炒菜的铁铲，有的拿着筛面的萝……他们时而把细细的土装进碗里，用铲子压实拍平，端到院子里扣“馍馍”；时而像猴子一样爬上去，滑下来，像滑滑梯一样，一趟趟，乐此不疲；时而把土装进萝里往下筛……

暑天，孩子们最喜欢在土里埋脚丫儿了。他们用手在土堆上刨个坑，人多坑就大些，人少坑就小些。刨好后，大伙儿围着坑坐一圈儿，把小脚丫放进坑里，几双脚丫儿挨在一起，忍不住互相蹬踏嬉戏一番，然后齐动手，把土再填进坑里，随着脚丫和小腿被细软的、凉飕飕的土埋住，一股凉气渐渐传遍全身，暑热顿消，舒服得很。埋一会儿后，身上不觉凉爽了，就拔出腿来，换个地方重新挖坑，再次埋上脚丫……

没有土怎么能“过家家”呢？孩子们是天生的导演、演员，他们自行安排了自己的角色，分别扮演“爸爸”“妈妈”和“宝宝”，孩子们的想象力是那么丰富，那土自然也就不再是“土”了，而成了烧火的风箱、做饭的锅灶、做熟的美食……用小手收拢一个小土包，拍实，这就是风箱；紧挨着，在土堆上刨出一个土坑，这就是锅。女孩儿们找来木棍儿，插进小土堆里，正儿八经地拉进拉出，嘴里还不忘伴奏“咕嗒，咕嗒，咕嗒”，这是拉风箱烧火做饭呢，“饭熟了。他爹，你尝尝这肉，看软了呗？”女孩儿把铁铲伸进土坑里，对了，那不是坑，而是做饭的锅。用小铁碗装一碗“锅”里的“肉”，递过去。男孩儿煞有介事地吧咋吧咋嘴，“嗯，熟了，真香。”“这儿还有鸡蛋。”女孩儿两手用力，把土攥成一个个土蛋蛋，这就是香喷喷的鸡蛋。凡是能想象到的好吃的，好玩的，土都能代替。“把宝宝们叫过来吃饭吧。”“行。宝贝们，快过来，今天妈妈做的肉和鸡蛋，快来吃啊。”小一点的孩子们闻声都围过来，扮演妈妈的女孩子找来几块砖头当餐桌，把攥好的土蛋蛋，扣好的土馍馍，一样一样，小心翼翼地摆上去，一群孩子拿着树枝，煞有介事地，津津有味地“吃”了起来。

记忆中，童年时的黄土一点儿都不脏！不管什么时候，人们磕着碰着了，随手在地上抓起一把土，捂在伤口上，不一会儿就结了痂。黄土不光不脏，还有股特有的芳香，人们常把土加上水、麦秸或麦糠等和成泥，糊在房屋的墙上，遮风挡雨，这样的屋子还冬暖夏凉。远行的游子，出门时常背上半个土坯，在外地喝水时，掰下一点儿放进水里，那是对故乡黄土的眷恋……

十年前夏天的一天，邻村来了一位五十岁开外的，从台湾专程回来探望同父异母哥哥的男子，热情的乡亲们赶紧从地里刨来嫩花生，哥哥刚要去洗干净，台湾弟弟伸手拦住，他说，就这样吃，挺好，我喜欢家乡泥土的味道；临走时，他拿出一个木盒和一个瓷瓶，他要实现父亲的遗愿——把故乡的黄土和故乡的水带回台湾，撒（洒）在父亲的坟上！他哽咽着说：“老人临终时说，故乡的黄土能埋人！”

……

说不完道不尽家乡人对黄土的感情。

随着化肥的兴起，农家肥逐渐退出了历史舞台，人们不再拉土垫圈了，那高高的土堆也随之消逝了。

随着社会的进步，农村发生了巨大变化，如今的农家小院绿树成荫，鲜花盛开，孩子们早已不再玩土，取而代之的是各式各样的玩具，高高的土堆成了永远的记忆，但人们对黄土的深情是永远也抹不去的。

狐子灯

秋天，果园里的苹果红彤彤挂满枝头，煞是喜人。我和儿子边采摘边闲聊，我说，这里过去曾经是一大片沙土疙瘩，夜里，狐子灯经常出没。儿子好奇地问，狐子我知道是什么，狐子灯是什么东西？

在伸手不见五指的夜晚，一团团圆圆的红火在空中时而快，时而慢；时而多，时而少；时而聚，时而散；时而出，时而没，忽明忽灭，飘忽不定……这是见过狐子灯的人们对狐子灯的描述。

以前，这里是连绵不断的大沙土疙瘩，从西往东蜿蜒百余里，像一座座高高的土山，沙土疙瘩上，长满了各种树木，有野生的酸枣棵子，野杏树，野榆树，还有人们种植的枣树，因为这里是两县交界地，地广人稀，再加上沙土疙瘩上到处都是坟丘，人迹罕至，显得特别荒凉，但这里却是狐狸、野兔、黄鼠狼等小动物们的天堂，它们在沙土疙瘩上挖洞繁衍，快乐地生活。

狐狸是极聪明、极有灵性的小动物，红了毛的老狐狸更是久经沙场，“狡猾”得很，传说它们经常幻化成人形，或白胡子老头，或年轻漂亮的姑娘，它们有恩报恩，有仇报仇，那些想逮住它们、伤害它们的人，最终都“搬起石头砸自己的脚”，那些帮助过它们、解救过它们的人，在遇上困难时，它们会雪中送炭。有的人家娶媳妇时正缺桌椅板凳，一夜之间，院子里不知谁搬来了桌椅；有人在漆黑的夜里迷了路，有一盏灯在前面指引着，找到熟悉的回家路；有人在沙滩里遇上了一位老奶奶，边走边攀谈，忽地，老奶奶不见了，自己走了半天，还鬼打墙般在原地打转转；有人忽然得了奇怪的病，医学怎么都解释不了，仔细回想，曾经伤害过狐狸……故事的主人公有名有姓，讲故事的人，一个个都言之凿凿。数百年来，狐狸在民间被蒙上了一层极神秘的色彩，狐子灯更是令人们充满敬畏，这些传说，在娱乐生活相当匮乏的年代，成了人们茶余饭后乐此不疲的谈资，越传越神奇。

其实，现代人早已知道，狐狸是肉食性动物，它们钻进坟墓里，啃噬着尸首、骨头，呼出的气体里除二氧化碳外，还有尸体腐烂时分解的磷化氢。白天光线充足，人们看不出什么，一到晚上，狐狸出没时，磷化氢遇空气就自燃，远远地看，像一团团火在游荡。

道理就这么简单，但或许是那时人们的文化水平普遍低，解释不了晚上狐狸嘴里为什么有亮光，或许是狐狸实在是聪灵，善良的人们不愿意让它受到伤害，于是，就给狐子灯蒙上了一层神秘的色彩，让人们对它产生敬畏感，从而可以保护这种可爱的小生灵。

随着对荒山的开发、种植，荒凉的沙土疙瘩越来越小，最后被夷为了平地。如今，这里变成了良田、果园，一条条柏油路把各村连接起来，荒漠变通途，电动车、三轮车、汽车，无论哪种车灯都比“狐子灯”亮堂多了。

扫房日

“二十三，糖瓜粘；二十四，扫房日……”农历腊月二十三是送灶王爷上天的日子，让灶王爷“上天言好事，下界保平安”。从小年开始，按照习俗，哪天该干什么，家家户户都安排得满满当当。

农历腊月二十四这天，家家户户、老老少少都起个大早，准备展开一场清除灰尘污垢的“大会战”，人们搬的搬，抬的抬，抱的抱，扛的扛，把屋里所有能搬得动的家伙什儿全部搬出去，好腾空屋子，方便打扫。

“会战”前得先武装自己，保护自己。爹和姐姐们包上旧头巾，戴上旧口罩，穿上破褂子，只露出两只眼睛，他们把笤帚把、鸡毛掸子把上绑上棍子，踮着脚，从屋顶开始扫起，墙角处、椽子间的蜘蛛网、墙壁上的灰尘“扑噜噜”全部落下，稍不留神就迷了眼睛，没一会儿，她们就变成了土人儿、黑人儿，白色的口罩上就有了三处漆黑的洞，那是两个鼻孔和嘴巴。

那时，农村生活条件相当艰苦，做饭长年烧柴，照明用煤油灯，一年下来，屋顶、墙上覆盖着厚厚的一层灰尘，盆盆罐罐上也覆盖着厚厚的污垢，就连轻柔的蜘蛛网都被灰尘坠成了一条条，晃晃悠悠随处挂着。

头年裱糊的报纸和窗户上的窗纸早已发黄变黑，炕箱上的彩纸已少颜无色，窗花、年画都旧了，要逐一撕下来，有的地方得用小刀片才能刮干净。这些活轻省，没什么技术含量，自然就归我了。

娘舀出一盆又一盆的水，冒着刺骨的寒风，在院子里刷案板、浅子、锅盖，洗炕单、被头、门帘，擦暖壶、茶缸、茶盘……所有能刷能擦能洗的，都要见水。尽管娘的手冻得通红，可娘还是高高兴兴地刷洗着。撕完旧报纸后，我就帮娘把刷洗干净的生活用具放到阳光充足的地方晾晒。娘一边洗刷，一边给我讲故事：

相传，每个人的身上都附有一个三尸神，专门记下人所犯的错误，然后，升天去向玉皇大帝报告。这个三尸神非常歹毒，特别喜欢在玉皇大帝面前造谣生事，说凡间很多人常常做各种恶事，玉皇大帝听后非常生气，命令三尸神将这些人的恶行通通记录在他家的墙壁上，再让蜘蛛张网遮掩以做记号，以便日后将这人杀掉。可是，三尸神的诡计没有逃过灶君的眼睛，他赶紧将各家的灶王爷招来，大伙儿想出了一个好办法，在送灶之日后的第二天，也就是腊月二十四，家家户户都要把自家的房屋打扫干净，尤其是墙壁上，不能留下任何灰尘。如果哪户人家没有打扫干净，灶王爷就拒不进宅。老百姓在灶王爷的指示下，腊月二十四这天，都把自家的宅院打扫得焕然一新。三尸神的阴谋没有得逞。为感谢灶君为百姓除难消灾，人们将腊月二十四这天定为“扫房日”。

整整一上午，一家人才能把屋内屋外打扫干净。

匆匆吃点饭，下午，把早已准备好的新报纸、新窗户纸、新花纸裱糊在墙上、窗户上、炕箱上，再把满院子擦洗净晾晒干的东西搬进屋去放回原处。

娘教我，用鲜红的纸剪窗花，我帮她叠纸，她的巧手上下翻转，瞬间就剪出喜鹊登梅、年年有鱼、金鸡报喜等花样。我高兴地跑来跑去，拿着一个个窗花，在新糊的窗户纸上比画……

被子已晒得热热乎乎，我找根木棍，挨个用力拍打，把被子拍得柔软松散。细小的尘土在阳光下飞舞，像小精灵似的，看得格外清楚。

屋子里焕然一新了。劳累了一天，一家人睡在满是阳光香味的被子里，惬意极了。

年，在孩子们掰着手指头数着天数的盼望中越来越近；年味，在人们忙忙碌碌的操持中越来越浓……

今晚放电影啊

“知道了吗？今晚大队放电影啊！”说话的人神秘而兴奋。

消息像长了翅膀，一传十，十传百，在学校迅速传播，不一会儿大伙儿都知道了，一个个高兴得像过年似的，我也按捺不住焦急的心情，老师讲的什么内容，一点儿也听不进去了，单等着放学。看得出，老师也开心，太阳还老高，就宣布放学。我和小伙伴们背着书包，撒欢般跑到大队部，果然，那里的杆子上已高高地挂上了银幕。

我们还是去得有点晚了，放映机周围的黄金地带已有人画了方，放上了砖头。看电影的最佳位置是放映机的前边及左右两边，太靠前，得仰头看，脖子累；太靠后，站着看不说，还容易被前面的人挡住视线；太靠边儿，不光银幕上的人走形，边上还是那些疯疯癫癫的大哥哥、大姐姐们的专属地带，不知为什么，他们看电影时经常挤来挤去，有时莫名其妙地起哄，让人看不安生，有一次还挤掉了我的鞋，可讨厌了，所以，我们这些小孩子们都抢着占据有利地形，画上四边，放上标记。所画地方的大小根据自家看电影人数的多少来画，画好后就在那儿看着，谁也不回家，唯恐人一离开，自己的地盘就被别人抢占了去。

那些淘气的男孩子们，怎么肯安静下来，他们有的模仿着电影里英雄的样子，举着爆破筒，高喊："向我开炮！"；有的模仿坏蛋的样子，说着他们的经典台词："我胡汉三又回来了。""高，实在是高。"有的分成两拨，模仿八路军和鬼子，两手摆出端枪的架势，嘴里"嘟嘟嘟"地对打着……

等天黑了，自家有人来换，才急急忙忙回家吃饭。哪儿吃得下饭啊，一听大喇叭里放革命歌曲了，急匆匆扒拉两口饭，催促着家人，搬着小板凳、大板凳就往大队部去了。路上，不断汇集一拨拨的人群，大队部的院里早已熙熙攘攘，人们或坐着，或站着，谈笑着，等待着，孩子们更是人来疯，在人群里钻来钻去，追逐打闹。

天完全黑下来了，一束雪亮的光打到了银幕上，喧闹的院子里立刻安静了下来，人们知道，那是放映员在调试机器，电影马上就要开演了。

那个年代的经典电影《英雄儿女》《闪闪的红星》《红色娘子军》等深深地烙进了童年的心里，伴随着一代代人健康成长！

大　黄

我认识的人越多越喜欢狗。

——罗兰夫人

大黄是我小时候家里养的一条狗，因为穷，人都吃不饱，狗也瘦小，叫小黄似乎更确切，但不知为什么给它起了个“大黄”的名字。

说起大黄来，跟我父亲有些缘分。那年春天，父亲去铁杆镇赶集，总觉得后面有什么跟着他，扭头一看，是一条瘦弱的黄狗，父亲没有在意。父亲赶完集回家的路上，黄狗还在不远不近地跟着他，一直跟到了家里。于是，放学回家后的我，惊喜地发现家里多了条小狗。从此，只要一放学，我就忙着先和大黄玩，还会训练大黄：我命令它蹲下、打滚，教它叼东西、握手、作揖等，没过多长时间，父亲下工回家后，只要在小凳上一坐，手里拿起烟杆儿，大黄就会给父亲叼来火柴，每次父亲都爱抚地拍拍它的头。受到主人表扬，大黄满眼满脸都是幸福的模样，它晃动着脑袋，扭动着身子，拼命地冲父亲摇尾巴，最后在父亲身旁静静地卧下。

大黄看样子没有一点特别的地方：耳朵、背部、尾巴上的毛是深黄色，越往腹部颜色越浅，一条普通小笨狗子（家乡人把没有品名的狗统称笨狗）而已。但是它可聪明啦：白天卧在柴垛里睡觉，颜色和柴垛浑然一体，稍有动静，它就警惕地睁开眼，支棱起耳朵；晚上，它先窜上较高的柴垛，再跳到柴垛旁更高的小棚上，居高临下、尽职尽责地守护着这个家。不管白天还是夜晚，如果有人来，它不叫；人走时，如果空着手走，它也没反应，只要来人走时手里拿着东西，不管拿什么，哪怕是一盒火柴，一把麦秸，如果没有我家人护送，休想走出我家院子。大黄都会窜上去，叼住那人的裤腿，嘴里“呜呜”地抗议着，拼命拽着不让走，直到放下手里的东西才罢休。乡亲们都说，真是条看家护院的好狗。

那年夏天，午饭后，父亲利用上工前的闲暇去自留地里浇菜，大黄也撒欢地跟着去了，我和母亲在家午休。忽然，大黄跑进屋来，扑在炕沿上叼母亲的衣服，还一个劲往下拽，嘴里发出焦急的“呜呜”声。母亲和我都不明白怎么回事，下了炕。大黄一路小跑，在前面带路，我和母亲跟着大黄来到了自留地里，只见父亲正面朝下栽倒在垄沟边不省人事，铁锹硌在胸部，垄沟里的水还在往菜畦里灌溉着。母亲急忙抱起父亲的头，焦急地呼唤，“他爹，你怎么啦！”我赶紧去附近地里叫来人。

父亲被抢救了过来。是大黄救了父亲一命。

在家里，我排行老六，上面有五个姐姐。对于穿衣服，母亲常说，新三年，旧三年，缝缝补补又三年。从记事起，我就总穿姐姐们淘汰下来的还能缝缝补补的衣服。那年，村供销社来了一批的确良布，有粉红色的，有白色的，同学中，有人穿的确良衬衫了，我羡慕得不得了。那时，年幼的我总以为这种布应该叫“的确凉”，因为那布看起来有一层水样的光泽，上衣下摆兜进裤腰里，风一吹，像帆一样鼓起来，泛着水样的波纹，看着就凉快。但我家人口多，劳力少，是拿钱户，没有钱给我买的确良布做衬衣。但是，的确良美丽的色彩，轻柔的质地，对于一个十来岁的小姑娘来说诱惑力实在太大了。这时，大黄来到我身边，忽然，一个罪恶的念头在我脑海里闪现。

那天，街上又来了买狗的，我把他叫到家里。那人看了看大黄，问，卖多少钱？我说，四块钱。那人说，给你三块五。我想，三块五就三块五，够买的确良衬衣就行。我接过钱，那人拿出一根木棍，棍子一头绑着绳子，绳子另一头是一个活套。“嗖”得一声，绳套抛向大黄，准确地套在了大黄的脖子上，那人拉紧绳套，大黄凄厉地叫起来，那人抻着、拖着，大黄凄惨的声音越来越小，不一会儿，大黄就昏了过去。看着大黄难受的样子，我的眼泪流了出来，我想说不卖大黄了，但终究没有说出来。那人把软绵绵的大黄放进袋子里捆好，扔在自行车后面的竹筐里，远去了。我拿着那三元五角钱，呆呆地站在大门口前，望着空旷的院子，心里不知道是什么滋味。

父亲下地回到了家里，习惯性地坐在小凳子上，叼上烟锅，却不见大黄，问我，见大黄了吗，我支支吾吾说明了情况。父亲急了，吼道，买狗的是哪个村的？我吞吞吐吐，听说是无极县那边的。父亲跑着去邻家借了一辆自行车，飞速去追。

父亲回来了，但没有带回大黄，他像头暴怒的狮子，怒气冲冲地低着头找东西，父亲抓起了擀面杖，丢下；抓起了鸡毛掸子，又扔下，最后，父亲从炕上抄起笤帚疙瘩，冲我走来，我吓呆了，不知道父亲要干什么。他粗壮的胳膊猛地把我拦腰抱起，放在炕沿上，我早已吓得“哇哇”大哭，笤帚疙瘩雨点般在我的屁股上开了花。父亲边打边骂，你个忘恩负义的东西，你怎么不把你老子也卖了？正在做饭的母亲听到了我的哭声，赶紧过来拉开了盛怒的父亲。

的确良衬衣没有穿成，大黄永远离开了我们。

小寒大寒　杀猪过年

“小寒大寒，杀猪过年。”一进腊月，上岁数的爷爷、奶奶们就开始念叨了。一想到飘在天空的、吹得大大的猪尿泡；一想到能当灯碗用的、猪蹄脚上褪下的“小皮鞋”；一想到软软的、肥得满嘴流油的大片猪肉；一想到采下的猪鬃能变换成一串冰糖葫芦或口袋里的几粒糖，我们这群孩子更是兴奋不已，跟着学舌儿，“小寒大寒，杀猪过年”。是啊，没有猪肉的年怎么能叫年呢？

谁说猪儿笨？它们一定是听懂了这句俗语，感觉到自己的末日即将来临，要不，怎么一进腊月，各家的猪儿都蔫头耷拉耳，一副情绪低落、“苦大仇深”的样子，任凭女主人把冒着青草香味、红薯甜味、热气腾腾的泔水倒进食槽；任凭女主人“喽喽喽喽”的呼唤，猪儿卧在猪圈炕上，头都懒得抬，只把三角小眼儿的眼皮翻动一下，“哼哼”着，伸伸腿，换个更舒服的姿势接着睡大觉。

也难怪，每年的腊月初七，村里的杀坊就开始盘锅头、支案板了。从腊八一直忙到腊月二十六七。说是杀坊，不过是一个空旷的、无人居住的院子，每年村里都在那儿定点杀猪。那时的农村，年关将近，几乎家家都会把养了一年的肥猪杀掉，卖一扇，自家留一扇。猪肉煮好后腌在小瓮儿里，过年时美美地吃几顿，剩下的细水长流地吃一年。

腊月初八一大早，村里不断传来逮猪的声音：“嗷——嗷——”于是，我们一群孩子不约而同地循着声音跑过去。只见三五个壮汉气喘吁吁，正死死地摁住猪儿，有的摁脑袋，有的摁腿，有的摁猪拱嘴。猪儿怎肯乖乖就范？自是奋力反抗。这时有人拿来绳子，把猪儿的四条短腿死死地捆住，然后用一根棍子把猪儿抬起来，扔到小拉车上。因此，我私下认为，儿时农村春节的序幕，不是做新衣，戴新帽；不是包饺子，放鞭炮；更不是耍龙灯，踩高跷，而是在各家猪儿声嘶力竭的叫声中拉开的。

猪儿上了车，惨叫声变成了哼哼，主人拿上盆啊桶啊等用具，装上柴火，喜气洋洋地推着猪儿去杀坊，后面，大人、孩子跟着一群，不用叫，多的是帮忙的人。

杀坊里有一口大锅，大人们说那是足印锅。我家七八口人，做饭用的是五印锅或六印锅，人口再多些的人家用七印锅，足印锅有多大，到现在我也没能弄清楚，反正当时觉得是天底下最大的锅了。锅里已冒着腾腾的热气，锅底燃着熊熊的火焰。锅旁边是一个大台子，上面铺着木板；两棵树之间绑着一根胳膊粗的横木，上面吊着大小不一的铁钩子。

杀坊那儿人就更多了。十来头待杀的猪已摆在场院。孩子们在人群中钻来钻去，追逐打闹。那些有心的孩子手里拿着自制的工具，在猪儿身上悄悄地拔猪鬃，长长的猪鬃一扽一小绺儿，一扽一小绺儿……然后，宝贝般收藏起来。那也许是他们口中香甜的零食，也许是他们的铅笔、作业本。除了猪儿嚎叫、反抗，大人们谁会和这些孩子计较呢。

轮到谁家，人们七手八脚，帮忙把猪儿抬上案板，猪儿又开始惨叫了，蹬腿拧脖，使出浑身解数做最后的垂死挣扎。就有那粗心的人家，不知是绳子不结实，还是绳扣不紧，猪儿终于挣脱了绳子的束缚，拼命奔跑，于是，乡亲们左右迂回，前后包抄，围追堵截，帮着主家满院子逮猪。

屠夫穿一件油光光的蓝罩衣，他并不急着杀案板上的猪，而是先把袖子高高地撸起，然后把长长的、放着寒光的杀猪刀，“擦、擦、擦”地、夸张地在磨刀石上磨，边磨边和旁人拉呱说笑，还不耽误把别人递上的、卷好的叶子烟“喇叭筒”夹在耳朵后面。在这个“舞台”上，屠夫是绝对的主角，大人、孩子众星捧月般围着他。

觉得磨得差不多了，屠夫用嘴噙住刀背，站在猪儿背后，麻利地用左手扳住猪下巴，左膝死死顶住猪后颈，右腿屈膝站立，右手持刀，在猪的脖颈正中斜刺一刀，“扑哧”一声，直捣颈动脉和心脏！只看得女孩儿们心惊肉跳，赶紧捂住眼睛。再睁开眼，喷涌的热血已“呼呼”地流进了早已准备好的盆子或桶里。怕血放不净，屠夫再把刀子搅和一下。猪的嚎叫声由大变小，渐渐消失。

接下来，屠夫用刀子在猪后腿上割开一个小口儿，用一根长铁棍插进，顺着肚皮，慢慢地捅到猪儿身体的各个部位。然后长吸一口气，趴下，鼓着腮帮子，对着那个小口徐徐吹气；再吸气，再吹气……不一会儿，已经蔫塌塌的死猪变得滚瓜溜圆，肿得四脚朝天。这时，屠夫就会用细绳把吹气的口绑紧。

常言道，“死猪不怕开水烫”，大伙儿帮忙，把圆滚滚的死猪抬进沸腾的锅里，推搡，翻过。待全身烫透后，屠夫开始刮猪鬃、猪毛，褪掉猪蹄脚上的“小皮鞋”。

猪鬃、猪毛弄净了，黑猪变成了白猪。捞出猪，重新放到案板上，屠夫开始卸下猪头，然后，把无头猪钓到木杠的钩子上开膛破肚，取出五脏六腑，用砍刀从脊背处将猪一分为二。

乌黑肥胖的猪儿变成了推车上两扇白净的猪肉，一个猪头，一挂连肝肺和半盆殷红的猪血。洗净猪大肠后，猪就算剥好了。不用掏钱，只须把猪小肠、猪鞭、猪鬃、猪毛等留给屠夫。主人推起车子，热情地招呼乡亲们，“明天中午都来啃骨头啊，血豆腐炒白菜，嘎渣儿饼子管够哦！”

男孩子们兴高采烈地争抢废弃的猪尿泡、“小皮鞋”。抢到猪尿泡的，立马就把冒着骚味的尿泡吹起来，兴高采烈地一次次抛向空中，后面一群孩子追逐、争抢，别提多高兴了。

到了漆黑的夜晚，一盏盏小油灯儿出来了，豆粒儿般大小的火苗儿在凛冽的寒风中摇曳，暖和了皴裂的小手，温暖了冰封的腊月，照亮了灰色的童年。

第二辑　真情回味

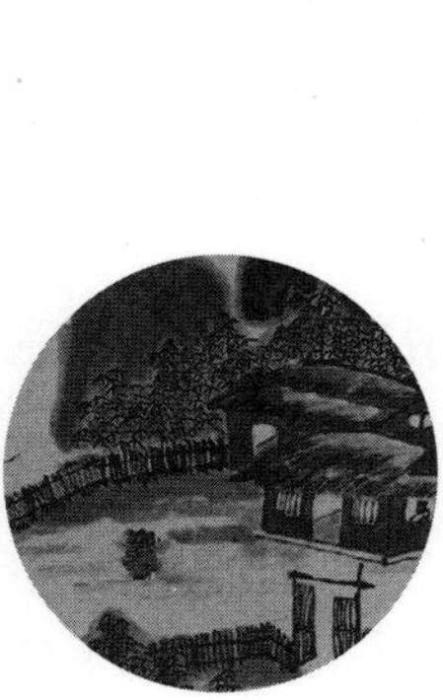

孝敬老人须用“心”

俗话说：“有个好儿子不如有个好儿媳，有个好女儿不如有个好女婿。”一样的点心，姑爷买的，丈母娘吃在嘴里，甜在心里；一样的衣服，儿媳妇买的，婆婆穿在身上，暖在心上。结婚后，我和老公约定，双方老人一辈子辛辛苦苦把孩子们拉扯大，不容易，既要孝敬自己的老人，更要相互孝敬对方的老人，让老人们心情愉悦地欢度晚年。你还别说，这孝敬啊，也得因人而异才行。

双方老人都出生在二十世纪三十年代，一辈子生活在农村，勤劳、善良、朴实、厚道，唯恐孩子们过不好，唯独不考虑自己。

老公这个当姑爷的，对老丈人、丈母娘嘴甜，一口一个爹，一口一个娘，哄得老人痛痛快快的。

1999年春天，有一次回我家，姑爷和老丈人俩人闲聊，老丈人无意中透漏出对北京的向往。言者无心，听者有意。回来后老公和我商量，平时工作忙，没时间，等“五一”时，天气正好不冷不热，带上老人、孩子去北京玩几天。快到“五一”时，老公给老人说出了打算，没想到老丈人头摇得像拨浪鼓，“去北京？那得花多少钱？不去！不去！”老公最了解老人的心思，他们是怕增加我们的经济负担，就说：“就咱一家人，吃住上咱又不摆谱，吃饱睡好就行，主要是玩儿，花不了几个钱；你闺女长这么大，也没去过北京；再说了，还能让孩子见见世面呢。”那时儿子刚十岁，一听说去北京，高兴得欢呼雀跃。老丈人见自己的外孙这么高兴，终于同意去北京。

颐和园、故宫、世界公园等名胜古迹，到处留下了我们祖孙三代四人的身影。回家后，每逢看见那些照片，老人总是高兴得合不拢嘴：“这辈子不冤枉了，到过北京了，连皇上住过的地方都看了。”

二十多年了，我这个儿媳孝敬公婆，就靠一个“法宝”——打折。

刚结婚时，逢年过节，我都要给公婆些零花钱，可是，每次都推推搡搡，吵吵闹闹，搞得双方气喘吁吁，汗流浃背——我真心实意地给，老人实打实地不接。这哪里是孝敬啊，不明情况的人看见了，分明是在打架。每次我都以失败而告终。公婆的理由还挺充分：什么孩子还小，得给他买些营养品；你们每月工资才五六十块钱，城里花销又大；家里有吃有喝，干吗花钱啊……

看来这样不行，我得改变策略，不给他们钱了，给他们花钱买成东西总可以吧。后来，我们每次回家就买些好吃的啊、衣服啊等，婆婆每次都问：“这点心多少钱一斤啊？”我实话实说后发现，公婆总是品尝一点点，然后像是商量好了一样，一唱一和地说：“不好吃，还不如村里小卖部卖的点心好吃呢。”然后，就包起来留给孙子、孙女们；买了衣服，也给了别的儿媳。“我一不出门，二不走亲戚，干吗穿新衣服，还是旧的穿着舒服。”我算是没辙了。

还是老公了解自己的父母，他一语道破机关：“你买的东西他们肯定喜欢，但是老人省吃俭用了一辈子，听你一说价钱，他们就舍不得吃，舍不得穿了。心疼钱啊！”

从那以后，我买的东西都先“打折”，不是商家打折，是自己给自己打折。十块钱一斤的点心，谎称五块钱买的，二百多块钱的羽绒服，说成一百块钱买的。这一招果然奏效，再买回东西以后，公婆都乐了：“这点心，好吃！比你以前买得那些贵的还好吃。”“这衣服真好看。你看，你娘穿着多合适，花色也好。”

有一次，我去逛超市，看到一双深咖啡色的软帮软底的方口皮鞋，鞋面上还有绣花，我穿上试了试，又舒服又好看，婆婆都快七十了，还没有穿过皮鞋呢，我毫不犹豫，就给她买了一双。回家后，婆婆穿在脚上，左看看，右看看，跷起脚看，走几步看，“真好。和布鞋一样舒服。多少钱？”我看婆婆喜欢这双鞋，照例打折。“超市断码了，正打折呢，才二十块钱。正好有您穿的号码。”“哎哟，真不贵。现在，买双布鞋也得十五六块呢。”婆婆高兴得合不拢嘴。“是吗？我没买过布鞋，不知道布鞋的价钱。”咱装傻得装得像一点儿不是？

如今，八十岁的婆婆住在宽敞明亮的新房，里面摆满了空调、洗衣机、电冰箱、沙发、茶几、衣柜等“打折”物品，就连嘴里镶的烤瓷假牙，眼睛里换的进口晶体都是打了折的。家乡的老人们都羡慕婆婆，说儿媳在城里就是好，哪个商场搞促销，哪个商场打折都知道，经常买些又“便宜”、又好看、又实惠的东西。

教母亲打电话

那年，父亲去世后，我把母亲接到了城里，一是为了方便照顾母亲，二是避免老人寂寞。老人来了以后，生活上倒也习惯，可是，我和老公每天要上班，孩子要上学，白天，家里只有母亲一人。怎样才能使老人不寂寞呢？

一天，我突发奇想：教会母亲打电话，然后告诉她亲人们的电话号码，她想和谁聊天就聊一会儿！我为自己的这一想法兴奋不已。

母亲是旧社会过来的农村妇女，七十多岁了，大字不识一个，但是母亲心灵手巧，勤劳能干。她和那个时代的大多数农村妇女一样，为了生存，锻炼出了各种能力，包括口算的能力，一百以内的加减乘除很快就能算出来。而打电话，只需要拨打 0—9 这十个数字组成的号码，再加上我多年教师生涯积累的丰富教学经验，我自信，教会母亲打电话不成问题。

这天中午，我跟母亲说："娘，今儿我教教你打电话。你学会后啊，想跟谁聊天就能跟谁聊天，你一个人在家时，就不憋闷了。"母亲果然很高兴，笑着说："那敢情好。我能学会？""能啊，可简单了。"于是，我用姐姐家的电话号码做示范，边拿起电话边讲解："你看，先拿起座机听筒，然后按顺序拨要打的号码，听筒里发出'嘟——嘟'的声音，就行了。现在，咱拨打的是我姐家的电话。"拨完后，我把听筒给了母亲，果然，电话里"嘟——嘟"几声后，传来了姐姐的声音，母亲激动不已，大声地和姐姐唠嗑。我说："娘，你声音那么大干什么？"娘认真地说："这城里离你姐姐家有十几里地远，不大声说话，她怎么能听见？"

挂断电话，我把刚才的电话号码清晰地写在一张纸上，让母亲自己动手，实际操作一遍，就大功告成了。没想到，母亲左手握着听筒，看看纸上的号码，再看看电话机上的键，目光游离不定，右手食指犹犹豫豫，晃来晃去。电话里早已传出超时的声音，她翘着的右手食指也没拨出一个号码。

我很纳闷，一手指着纸上的号码，一手按键，说："第一个号码不是3吗？你就按这个3，第二个号码是5，就接着按5……""噢，它在这儿啊，是一模一样，我找了半天，也没找到。"一模一样？找？我再次疑惑，难道母亲……我指着3和5后面的数字问母亲："这个数字是几？"母亲看了半天，摇摇头。我恍然大悟，原来母亲不认识数字，作为她的女儿，我竟然不知道。可是，这么多年，作为家庭主妇，母亲买进卖出，经常和人民币打交道啊，那上面不是有数字吗？我提出了自己的疑惑。母亲说："那上面，除了数字，不还有图嘛。面值不一样的钱，颜色、图案也不一样啊。"原来如此！

我放弃了教母亲打电话的念头，让一个没有文化的老年人学习使用现代化的通信工具，实在是太残酷了。见我放弃了，母亲像被赦免的罪犯，脸上露出了轻松的笑容。

这么多年了，作为女儿，我竟然一直不知道母亲不认识数字！想一想，我们对自己身边的亲人了解到底有多深呢？又干过多少违背别人意愿的“好事”呢？母亲喜欢吃小米饭、玉米面粥之类清淡的东西，而我总以为母亲辛苦了一辈子，应该享受享受，想当然地认为只有吃大鱼大肉，才能告慰母亲的辛劳；母亲喜欢吃自己动手做的家常便饭，而我总觉得，节假日，只有去大饭店搓一顿才能展现孝心；母亲喜欢清静，而我总觉得，老人过生日时，不把亲朋好友叫来，不足以体现孝敬……俗话说：“孝子不如顺子。”真正的“孝”，不是“想当然”，而应因人而异；真正的“孝”，应顺应老人的心，让老人心情愉悦。要做“顺子”，就要多和老人沟通，多了解他们的内心世界，了解他们的真正需求。帮母亲摆脱寂寞，这个出发点是好的，但是让母亲学打电话这一办法，显然是错误的。

从此以后，我有时间就陪着母亲去朋友家串门，去老年人活动场所……母亲在城里结交了一些老年朋友，很快摆脱了孤独痛苦。

来生还做你的“宝贝儿”

有人言：宁可坐在宝马车上哭，也不坐在自行车上笑。

我说，宁做“宝贝儿”笑，不坐“宝马”哭。我所说的笑，不是皮笑肉不笑，不是人前强作欢笑，而是发自心底的真诚的笑，是酣畅淋漓的开怀大笑，是内心的幸福泉水般汩汩流出，充盈在眼里，洋溢在脸上的幸福微笑。这种笑是伪装不出来的，只有被爱情滋润、浸泡着的人才有，这跟坐宝马还是坐自行车没有什么必然联系，坐宝马的，幸福指数不一定高；坐自行车的，幸福指数不一定低。

不要以为我是吃不到葡萄就说葡萄是酸的。

少女时，曾无数次地想象心目中的“白马王子”：他不一定满腹经纶，但一定要文质彬彬；不一定高大英俊，但一定要和蔼可亲；不一定是谦谦君子，但一定要尊老爱幼……及至参加了工作，到了谈婚论嫁时，心里又多了几个实际条件：一定要门当户对，绝不攀高枝；文化水平要相当的，以免没有共同语言。由于内心有了这些“虚虚实实”的条件，那些吃商品粮的干部、工人子弟，被我一一婉言拒绝。在二十世纪八十年代，对于一位出身农家的少女来说，公社书记家的儿子，厂长家的公子，和如今有些人眼中的宝马一样，无疑具有巨大的诱惑力。之所以有这种选择，是因为和看得见的物质条件相比，我觉得爱情更重要，我更注重精神层面的享受和自己心里的感觉，更在意心理上的是否平等、能否平视。那个年代，吃商品粮和吃农业粮有着天壤之别，吃商品粮是铁饭碗，那些家庭的子女不管知识多少，能力大小，素质高低，毕业后国家统统包分配，因此大多不思进取。我清楚地知道，清高且清贫，自尊且自强的我，和那些无知而自负的干部子弟不是一路人，我绝不会拿一生的幸福换取暂时的浮华！

在心底这些不可言说的条条框框下，我和现在的老公有缘相遇了，他也是贫寒的农家子弟，中专毕业，外表清瘦，戴一副眼镜，说话时总是面带微笑。他眼中的我模样周正，温柔善良，落落大方。虽然我们一见钟情，但出于对彼此、对婚姻的负责，我们相互了解了三年半。在这三年半中，我们坦诚相待，尽力让对方了解自己的优点、缺点、爱好、习惯。1988 年 5 月 1 日，我们携手走进了婚姻的殿堂。

从结婚到现在，二十多年的风风雨雨中，我们在生活中相互关心，事业上相互支持，虽然也有“马勺碰锅沿”的时候，但从没有过隔夜仇，更没有什么磨合期或七年之痒。

我们白手起家，名副其实的“裸婚”：小到锅碗瓢盆，中到家具电器，大到车辆房屋，一点一点地积攒，一件一件地置买。由于相爱，非但没有“贫贱夫妻百事哀”的感觉，反而觉得“夫妻恩爱苦也甜”。不是吗？日子一天天好起来。

刚开始，我们住在他单位的单身宿舍。一大早，我骑自行车赶往七八公里外的乡中学教书，傍晚回来，风雨无阻。当年暑假后，在领导的关怀下，我调进了县城一所小学，每天不再起早贪黑了，感觉真好；随后，我们租了一套农房，三间大北屋，水泥地面光溜溜的，白白的墙，又干净又亮堂。一间小西屋做厨房，还有自来水，每月二十元房租（那时工资大概是每月五十多元），院里还有另外两家房客，大家相处得像一家人，互通有无，真好；怀孕后，妊娠反应虽不太重，但也是想吃这不想吃那，老公买了我想吃的食物，自己却从来舍不得吃，因为那时工资虽低，但物价并不是那么低，记得有次老公花十来块钱为我买了一只一斤多重的烧鸡，我狼吞虎咽吃了个精光（特能吃吧），一大串冰糖葫芦，也要一元钱，老公总是借口糖葫芦酸，倒牙，让我一人吃（不，应该是母子二人吃），被老公宠爱的感觉真好。1990 年，我们购置了属于自己的房屋——一套年代久远的土坯屋，小木格窗上糊上塑料布，屋里还有土炕。虽然外表丑陋，但是冬暖夏凉，住着挺舒适。终于有了一个属于自己的“爱巢”。1992 年，我们购置了第一件家电——日本索尼公司出产的 21 英寸彩色电视机，画面清晰，色彩鲜艳，重要的是能看到丰富多彩的节目，真好。1997 年，我们把老屋翻新成二层小别墅，居住条件好多了……我和老公心往一处想，劲往一处使，一家三口其乐融融，生活充满阳光！

不知从什么时候开始，老公总叫我“宝贝儿”，习惯成自然，有时当着朋友的面，“宝贝儿”不自觉就从他口中溜出，惹得朋友暗暗发笑，以致我俩“臭名远扬”：都什么岁数了，还“宝贝儿、宝贝儿”的，肉麻不肉麻！只有我知道，老公不是作秀，而是心底感情的自然流露。由于种种原因，我每天下班比他早一些，天长日久，他习惯了每天下班后，一进家就看见他的“宝贝儿”正在厨房做饭的温馨场面。如果偶尔有一天，他在小院里喊“宝贝儿”没人应答，心里就空落落的。老公说：“宝贝儿，你就是家，家就是你！”

生活并不是一帆风顺，患难时更能见真情。

2007 年 6 月 9 日午饭后，朋友驱车，载着我和老公去接高考完的儿子。正是午休时候，路况很好，车子开得飞快！突然，一个醉汉骑着一辆破旧的自行车斜穿马路！不好，醉汉丝毫没有减慢速度的意思！急刹车！靠边！再靠边！“嘭！”一声巨响，为了躲避醉汉，疾驰中的汽车撞在了路边一棵高大粗壮的杨树上！坐在后排座椅上的我，膝盖重重地撞击在前排座椅上！我惊呆了！吓傻了！回过神，我赶紧看老公和司机，老公也回头看我，幸好我们三人只受了些皮外伤，是气囊救了我们的命。老公一时大汗淋漓，心有余悸地说：“吓坏你了吧！知道这样，不该让你跟着去！”我深情地说：“幸亏我跟着呢，不然在家里听说你出了车祸，还不把我急死！”

儿子差一点成了孤儿！这让我们更深刻地认识到生命的脆弱，认识到彼此在对方心中的重要。从此后，我们彼此更加珍惜，更加恩爱。

去年，我的乳房上长了一个小结节，只有玉米粒大小，遂在省医院做了手术。按照惯例，医院要做病理。说实在的，性格泼辣的我根本没把这种小手术放在心上，自己休养几天就行了，没让老公在家陪我，他的工作挺忙碌的。几天后，病理出来了，老公出差时顺便取了，他在电话里说，病理结果挺好的，没问题，放心吧。又过了几天，傍晚，老公打电话，兴奋地说，今晚不做饭了，我带几样菜回家，咱庆贺庆贺。听得我一头雾水，也想不出有什么喜事值得庆贺。老公回来后，才一一道出这些天的经历，原来这些日子，他一直跑省会并不只是忙工作。省医院的病理出来后，主治医生说，需要进一步检查，过几天再来取吧。过了几天，主治医生又说，情况不妙！让省四院专家看看吧。老公说，当时他觉得脑袋“轰”的一下，一片空白！随后，赶紧通过朋友联系河北省肿瘤方面的权威医院——省四院，拿上病理切片及病历，赶了过去。省四院组织了专家会诊，老公站在医办门外，焦急等待。他透过虚掩的门缝，有时侧耳倾听，有时向里张望。他看见几位专家对其中的一个切片轮番观察，仔细研究，研究了两个多小时，专家才把他叫过去，说，是良性肿瘤。从各种数据显示，临近癌变，但还没有癌变。需定期进行检查。老公听完，如释重负，这才感觉出两腿酸软。这两个小时对他来说，不亚于两个世纪。他动情地说："宝贝儿，我不敢想象，没有你的日子我怎么过！"

"不经历风雨怎能见彩虹？"在二十多年的风风雨雨中，我们的爱情已由最初朴实诱人的红高粱变成了醇厚香浓的老酒。

老公不止一次刮着我的鼻子说，你当初为什么选择我，跟着我吃这么多苦。后悔吗？我说，不后悔！下辈子，我还做你的"宝贝儿"。

我知道，这辈子，我肯定坐不上宝马，但我会永远做他的"宝贝儿"。

如果现在让我选择，我仍然会选择做"宝贝儿"，而不选择坐宝马！

那个充满哀思的春节

那年腊月二十七，娘走了，走时很安详。

一进腊月，二姐打来电话，说娘最近消化不好，吃了东西总是吐，喝口水都吐。我说，赶紧送县医院。

几日不见，娘消瘦多了，脸上也没有了红润。看着娘蜷缩在病床上难受的样子，我心如刀割。

医生查出了病因，是因娘的老病根小肠疝气引起的。娘老了，小肠脱出后，没能再像年轻时自行回到腹腔，不光没回去，反而卡死在腹股沟，致使肠胃内的食物受阻，所以吃什么都呕吐，必须马上做手术，不然，小肠感染溃烂更麻烦。

医生安慰娘和我们，小手术，切了就没事了。的确，手术很成功。术后，娘像乖巧的孩子，很配合医生，很听我们的话，医生让平躺二十四小时，娘就一动不动躺在病床上。我们喂娘喝牛奶她就喝牛奶，喂娘吃稀饭她就吃稀饭，让娘多吃菜，她就多吃菜。我问娘，刀口疼不？娘说，不怎么疼，能扛住。娘进食后，消化、排泄比原来还好，脸上又恢复了红润，我们都很高兴，心情轻松了许多，在病房里家长里短，谈笑风生，以为过几天就能出院了。

一天下午，主治医生把内科医生叫来会诊后，把我和老公叫过去，说，病人得转到内科。我心里一咯噔，医生说明缘由：你娘岁数大了，尽管平时没什么大病，但身体各部分机能已老化，虽然手术成功，但引起了心肺合并症，先转内科治治看吧。那时，我对“心肺合并症”一无所知，看看娘，进食，消化一日比一日好，精神状态也挺好，心里虽然感到沉重，但觉得应该不再有什么大事。

转内科后，娘直接被送进重症监护室，身上插上了氧气管、吸痰管等管子。结合主治医生，老公请来了省二院的专家，内科医生、护士们都聚拢到病房，专家结合娘的病情，给医生们临床讲解，遇上哪种情况该怎么抢救，怎么用药，护理、输液应注意哪些细节，然后对我们说：“我已经调好了药，有什么情况随时给我打电话。”专家走出病房时，给老公使了个眼色，老公跟了出去。

看着护士们轻手轻脚进进出出，打点滴时，每分钟的滴数都严格控制，我们的心情更加沉重起来，谈话时在病房外，小声小气，唯恐惊着娘。表面上，娘没有什么变化，面色红润，进食正常，我把心里的疑惑告诉医生，医生说，别看现在这样，说个不行就不行，你们得有点心理准备。

一天上午，娘忽然呼吸紧促，嗓子里像是有口痰堵在那里，上不来，下不去，脸憋得通红，我们赶紧叫来医生，医生、护士一通抢救，吸出了痰，娘抢救了过来，又恢复了正常。我守着娘，不时给娘擦擦嘴边的痰，给娘喂水喝。娘拉着我的手说：“娘沾了你的光了，死了也知足了。”我的眼泪一下子流了出来，心里涌动着千言万语：娘，您说什么呀，这都是女儿应该做的啊，您得这病还不是因为年轻时劳累过度吗，您一辈子总是惦记这个，操心那个，操不完的心，女儿无论怎么做，也报答不了您的养育之恩啊。话到嘴边，变成了：“娘，您别说了，医生让静养，过几天咱就好了。”

抢救的次数越来越密集，医生建议，让娘出院，回家安排后事。腊月二十三，我们带上吸痰器，氧气瓶，打点滴的药等，极不情愿地回了家。

屋里站满了来探视的乡亲们，娘躺在炕上，不忘示意大伙儿坐下，喝水，吃水果。乡亲们问娘午饭吃的什么，我说，吃了一大块西瓜，一大碗饭。乡亲们说，吃的不少，养养就好了。我那善良而无知的乡亲们和我一样，以为人能吃能喝，生命就能维持。娘怎么也能吃上过年的饺子吧。

我和姐姐们轮换着，昼夜守护在娘身边，娘一显憋得慌，我们齐下手，吸痰的吸痰，做人工呼吸的做人工呼吸，就这样又闯过了几天。腊月二十七下午，娘再一次憋得喘不上气来，我们和往常一样抢救，可是娘长出了一口气，脖子一歪，停止了呼吸。我和姐姐们怎能相信这个事实？疯了一样，哭喊着继续给娘按压胸部，然而，娘的身体渐渐变凉，一动不动了！七十八岁的娘走了！

“娘啊，你不能就这么走了。心疼死你的闺女们了！”“娘，你就这么走了，没有你，这个年可怎么过啊！”我和姐姐们哭天抢地，表哥、表嫂们闻讯赶来，强拉起我们，要我们冷静，还安排后事呢。

办完娘的丧事，已经是腊月二十九，第二天就是除夕了，我无心操持年货，更无心买新衣服打扮自己。整个春节，我终日泪流满面，郁郁寡欢，老公、儿子一直陪着我，劝我，人死不能复生，你也尽孝了，别那么难过了。谁的老人也不能陪一辈子。道理我都懂，可心里就是过不了这道坎。想娘这一辈子推碾子，使磨子，为这个家辛苦操劳，拉扯大六个孩子不容易；想娘心灵手巧，剪出的鞋样，织出的粗布，描出的花朵，总是妇女们学习的样版，不管谁来找，娘总是热心的帮助她们；想娘宅心仁厚，爱老惜贫，尽管自家吃不饱，但每逢衣衫褴褛的要饭的要上门，总得把家里仅有的饽饽分给他们一些；想娘对我的偏爱，有什么好吃的，总是省着，等我回家后才舍得吃……娘这辈子不识字，从没给我们讲过什么大道理，但是，娘时刻在用自己的行动教育我们，影响我们。

外面鞭炮阵阵，喜气洋洋。我调好娘最爱吃的韭黄熟肉馅，把泪水和哀思一同包进了饺子里！

思　念

分别没几天，思念已像潺潺的溪水，在心底淙淙地流着，往事如溪水里的小鱼儿、小虾儿，游过来，荡过去，令你时而发呆，时而傻乐。

思念如同沉重的石块，在心底一天天堆积，日积月累，像一座大山，压得人喘不过气来。心情烦躁，喜怒无常。及至相见，如果他也在思念你，无须多言，几句话就能把“大山”夷为平地；反之，如果他不理解，反而误解，那么，面临的肯定是“火山”爆发，直把他轰得伤痕累累、遍体鳞伤，还在那里晕头转向、不知所以呢。

思念远方的人，手机变得格外亲切。轻轻摁动手机，编写在显示屏上的却变成了普普通通的祝福语、问候语。哦，无形的网络，能否承载如此沉重的思念？短信发出后，心急火燎地盼着回信。这时，手机短信的提示音成了世上最美妙的音乐，听到短信铃声，急切切地把手机抓到手，闭上眼睛，双手合十，默默祷告：千万不要是什么买卖枪支，办理证件；千万不要是激情视频，手机欠费；千万不要是铃声下载，获得大奖……然而，网络像个不懂事的调皮的孩子，经常不合时宜地开个玩笑，气得你只想摔烂手机，可转念一想，手机何罪之有？如果是思念的人发的短信，那就不一样了，每一条都要看上几遍，十几遍。一字字，一句句，甚至每一个标点，都要掰碎了，揉烂了，铭刻在心，仍舍不得删去。

最大的欢乐，来自深深思念的那个人；最深的伤害，也源于深深思念的那个人。他的一言一行，一颦一笑，一举一动，时时刻刻牵动着你的心。他不经意的一句话，立刻让你的心飞了起来，像腾云驾雾，把你的心情推到快乐的顶峰，不由你不感叹："真是人生难得一知己啊！"他随随便便的一句话，马上又把你从快乐的顶峰推入萎靡的低谷：原来的一切，难道只是美丽的肥皂泡，七彩的光瞬间破灭？

不是因为孤独才思念，而是因为思念才孤独。思念一个人时，明明知道和亲朋好友在一起说说笑笑能够分散注意力，减轻思念之苦，可是，越是思念，越想享受这份孤独。

思念一个人时，大脑的每根神经都在判断，他是否也在思念自己，"只愿君心似我心"。当脑海里闪现的是那些情真意切的话语，欢乐缠绵的往事，得到的是肯定的判断，于是，眼里闪动着幸福的泪花，喃喃地，千万遍地呼唤着他；瞬间，脑海里又浮现出心灵受伤害的情景，中枢神经系统马上作出截然相反的判断：人家怎会思念你呢？不然，怎么会记错你的生日？怎么会忘记你为他点播的歌曲？怎么会……于是，心如刀割，脸上淌着苦涩的泪水，心里无数次地骂他，咒他，发誓以后再也不理他……哭过骂过之后，心情轻松了许多，头脑也冷静了下来，仔细一想，骂也好，咒也好，整个心思原来还在他身上。于是又找出千万条理由为他辩解，让自己原谅他，默默地祝福他：只要他过得好……真是"心似双丝网，中有千千结"。

思念像咖啡，有时品出的是芳香，有时品出的是苦涩：思念像一曲美妙的交响乐，时而铿锵激昂，时而低沉舒缓，时而像莺歌燕舞，时而如疾风骤雨……

被思念的人，往往是身在异乡的亲人，难得一聚的朋友，初恋的情人……他们如悠悠的远山，似缥缈的云雾，给人以朦胧的、梦幻般的美。离别的忧思，相聚的喜悦，大概是古往今来人世间永恒的主题。“人有悲欢离合，月有阴晴圆缺，此事古难全。但愿人长久，千里共婵娟。”

鱼儿钻沙

儿子从外地回到家，我问他，晚饭想吃什么，妈给你做。儿子说，妈，我想吃你做的“鱼儿钻沙”。我很诧异，问，你年纪轻轻怎么会想吃这个？这是年岁大些的人才爱吃的饭食。儿子说，家乡的“鱼儿钻沙”，全国各地，大小饭店都没有卖的，它有股特别的味道，让人百吃不厌。

我边体味着儿子的话，边操持着做起来。

“鱼儿钻沙”，这个富有诗意的名字的美食，它有什么独特的味道呢。

我学着母亲给我做“鱼儿钻沙”时的样子，先在锅里加上水，水开了后，放进一勺家乡产的金灿灿的小米，然后开始和面，剁馅，调馅，包饺子，饺子是儿子最爱吃的韭菜熟肉馅的。等饺子包好了，锅里的小米已经熬成了喷香的小米粥。我把饺子下到粥里，搅动了几下，饺子就像鱼儿一样，在金沙般的小米粥中翻滚，不一会儿，饺子就漂浮了上来，我把火调小后，放心地去炒菜，任凭“鱼儿”在“沙”里钻来钻去，因为我小时候就从母亲那里知道，“鱼儿钻沙”中的饺子不容易煮烂。

“鱼儿钻沙”做好了，我给一家人每人盛上一大碗，片刻工夫，黄澄澄的米粥上漂着一层光亮黏稠的米油儿，透着碧绿韭菜的饺子在粥里若隐若现，黄绿相间，让人垂涎欲滴。喝一口粥，既有小米的软糯清香，又掺杂进韭菜、肉甚至面粉的味道；吃一个饺子，皮软而不烂，韭菜肉丁馅特有的香味中也渗进了小米粥的香味，一碗“鱼儿钻沙”，有干有稀，有色有味，即照顾了味蕾，又熨帖了肠胃，像温柔而体贴的母亲。好一个“鱼儿钻沙”。

常言说，好吃不过饺子。过去的农村，且不说一年中难得见到点荤腥，就是每年分到各户的小麦都极少，面粉显得特别金贵，因此才有“好吃不过饺子”的说法，人们只有过大年和来亲戚时，才能吃上几顿白面饺子。包饺子时，须全家老少齐上阵，和面的和面，剁馅的剁馅。包饺子调馅最关键，“要想香，葱蒜姜”，油、盐、大酱、香油等调味品放好后，饺子馅的香味就出来了，经验丰富的人不用尝，一闻就能闻出是咸是淡，随后是擀皮、包捏、煮，一家人说说笑笑，忙成一团，场面温馨而壮观。吃一顿饺子，往往得几个人忙活半天才能吃上。那时人们种地、日常生活几乎还是落后的原始劳作，一天忙到晚，哪有那么多闲工夫捏饺子啊。要是谁家主妇平白无故包饺子吃，会被乡亲们耻笑，叫她“馋嘴老婆”，这一家人会背上“吃嘴不干活”的坏名声。

如果说饺子是农家食品中的“贵族”，那小米粥就显得“平民”多了，因为碾小米的谷子是耐旱农作物，不像小麦那样，得大水大肥地伺候着。谷子和玉米一样，属于粗粮。做小米粥时只用一人就足够了，开锅后，用慢火熬，农村有的是柴火，熬上小米粥后，能干的家庭主妇就去操持别的家务了。小米粥是家乡这一带的营养佳品，健脾养胃，米油尤其营养丰富，俗话说，“米油赛人参”，病人、坐月子的经常一天三顿喝小米粥。

老百姓的智慧是无穷的，他们把“贵族”食品——饺子和“平民”食品——小米粥搭配在一起，营养互补。一大家子吃“鱼儿钻沙”所需的饺子量要比单吃饺子少好多，家庭主妇们熬上小米粥后再包饺子也来得及，等下地干活的苦劳力们、念书的孩子们回到家后，家庭主妇就给劳力多盛些饺子，老人、孩子少盛些饺子，不管饺子多还是少，每人都能盛满满一大碗。此时，饺子和小米粥像一母同胞的弟兄，不分贵贱，互相包容，彼此成就，好一个“鱼儿钻沙”！

怪不得儿子说，“鱼儿钻沙”有一种独特的味道，我明白了，那是母亲的味道，温柔而体贴；那是家的味道，温馨而和谐。

外公外孙同上学前班

父亲去世六年了，我的儿子已读高中，但是他们祖孙两个同上学前班的情景仍历历在目。

儿子两周岁时，为了减轻我们的负担，六十多岁的父亲把孩子接回老家，由他照看。好不容易熬到儿子三岁多了，我跟父亲说，要把儿子接回城里上幼儿园，因为怕把父亲累坏了。父亲一边荡着坐在腿上的孩子，一边说：“要是因为那个，就别接回去了，我不累。”看着祖孙俩其乐融融的情景，我也顺从了父亲的意愿。

再次回家探亲，院子里的一幕把我惊呆了：我那一辈子只会拿锄头从来没有拿过笔的父亲，正用长满茧子、僵硬皲裂的大手，笨拙地握着铅笔，神情专注地趴在桌子上，在本子上写着什么，祖孙俩还不时争论着……

原来，父亲既舍不得让孩子回城里，又怕耽误孩子学知识，只好硬着头皮到学校去求老师，让孩子上学前班。父亲近乎哀求地说：“老师，你就收下吧！我们孩子聪明，我和孩子一起学，回家我教他，不会拖累你的。”老师被说动心了，破天荒收下了这两个特殊的学生。从那以后，教室里多了一个低龄生，教室门口多了一个高龄生。父亲一本正经地对孩子说：“正好，你妈来了，让她说，这个‘口’字到底是两笔还是三笔。”孩子写得有些棱角，显然是三笔写成；父亲写得圆头虎脑的，更像英文字母“D”，显然是两笔写成。我笑了，说：“爹，这个字啊，应该三笔写成。”我边写边讲解。父亲不好意思地用手挠着头皮：“我怎么记得老师说，这个字一竖，一个半圆？”“姥爷，老师是这样说的，”孩子模仿着老师的样子，边走边说，“这个字母一竖，一个半圆，那是字母 b，不是‘口’。”父亲哈哈大笑，说：“老师是这样说的。好小子，比姥爷强多了。”

一晃十几年过去了，我和孩子仍时时谈论起这些美好的回忆，缅怀父亲对外孙深深的隔代情。

那年月　那情书

一

快三十年了，黎娜心中一直有个疙瘩，像沉重的石块压在她心头：当年，王贵为什么不接受她纯真的感情，甚至连个信儿都不回？是她不够漂亮？不够优秀？还是他有难言之隐？这些问题像一团棉絮，让她心里发堵；又像一张无形的网，挣不脱，抛不开，让她痛苦、压抑、自卑。谁说时间是医治心病的良医？三十年的时间在人生长河中还算短吗？为什么就忘不了他？黎娜痛苦地摇摇头，棕色的卷发波浪般流淌……

春天来了。下午，黎娜漫步在石门市的大街上。她高高的个子，鲜红的毛衣掩盖了脸色的苍白，高高的衣领裹着颀长的脖子，黑长裙、高筒靴无一不显示着都市女性的时尚。她看似随意地溜达着。整天住在鸽子笼似的楼房里，看着被高耸的大楼切割得支离破碎的天空，黎娜烦透了，她想到野外透透气。

郊外，天空辽阔，蔚蓝，几块白云像纱巾，把天空擦得更加明净，空气中，氤氲着田野特有的清新气息，黎娜加快了脚步。不远处，是一个建筑工地，几座大楼已经破土动工。黎娜对这些不感兴趣，她只想尽情地呼吸带着泥土芳香的空气，亲近绿油油的麦苗，拥抱满目新绿的大树，或许还能采上几朵小野花，黎娜越想越激动……恍恍惚惚，远处跑来了一位少年，手里高举着一个五颜六色的花环，那花环是用带着露珠的野花编成，她跑了起来，欣喜地伸手去接，可是，少年不见了！花环没有了！像急刹车，黎娜停止了奔跑，工地上"隆隆"的噪音把她拉回了残酷的现实。

黎娜无精打采地继续往前走，工地简陋的大门上，一幅高高悬挂的条幅映入她的眼帘，"九皋县第一建筑公司"。"九皋县？"这三个字让黎娜心底觉得既亲切又疼痛，她不由得来到工地上，问正在干活的民工："你是九皋县哪个村的？""王各庄的。"天啊！这么巧？黎娜一阵眩晕，急切地问："跟你打听一个人，你知道一个叫王贵的吗？小名狗娃！""狗娃叔啊，这个队的包工头，喏，就在那边的工棚里。"

民工带她来到工棚，老远就喊："狗娃叔，有人找。"

低矮狭小的工棚里，一个人正背对着门写什么，听到喊声，扭过头来。西斜的阳光照在他的脸上，晃得他眯缝着眼。是他，真的是他！黑黑的皮肤，棱角分明的脸，浓浓的眉毛。

由于逆光，王贵没看清来者的面孔，只看见一个衣着时尚的女人站在门口，他站起身，随便应酬着："进来坐。"然后张罗着倒水。黎娜挪动着脚步，在简易的床铺上机械地坐下。四目相对，王贵提着暖水瓶不动了！他瞪大了眼睛！刹那，又恢复了常态，赶紧倒水，怕水太烫，他体贴地又套上一个纸杯，双手递给黎娜。黎娜仍在盯着他，利剑般的目光令他局促不安。"喝水……喝水，春天，天气干燥。"王贵两手用力地搓着，"时间真快，一晃多年不见了。""二十八年了。"黎娜冷冷地说。

“噢，有这么多年了？哦……你还是那么漂亮，我可老多了……这个……那啥……今晚，我请你吃？”

二

来到豪华饭店的高级包间，黎娜先要了烟和酒，而后随便点了几个菜。烟酒菜上齐了，王贵斟上酒，黎娜爽快地和他对饮。其间黎娜点燃香烟，一支接一支猛吸。王贵愕然。

黎娜已过了不惑之年，然而，岁月的流逝和多年来养成的吸烟、酗酒、整夜整夜打麻将等恶习，非但没有损坏她的美貌，反而让她增添了几分独特的韵味，皮肤白皙润泽，潭水似的眸子，微皱的眉头略显忧郁，身材匀称丰满，眼角几条或隐或现的皱纹，使她有一种成熟的美。纤纤玉手优雅地夹着香烟，红润的嘴里不时吐出几个烟圈。风韵依然的黎娜在王贵眼里是一团谜。

快三十年了，此刻，这个日思夜念，魂牵梦萦的男人就在面前，他黑了，还是那么瘦，那么干练。她曾无数次地想象过见面时的情景：她要质问，她要痛骂，她要为自己讨一个说法；她会像一只受伤的小鸟，伏在心上人的肩头，痛痛快快大哭一场，或许还会边哭边捶他、拧他……可是，当他真的坐在自己面前时，突然觉得那么陌生，咫尺天涯。无数的话语涌上心头，不知从何说起，这种感觉，就像是一团软乎乎、滑溜溜的粉条堵在瓶口。气氛沉闷得像彤云密布的三伏天。

粉条？瓶子？黎娜被自己这个奇怪的想法逗乐了，“扑哧”一下笑了。

黎娜笑起来还是那么美，只是有些凄苦。王贵讨好似的也跟着“嘿嘿”傻笑，这一笑，犹如闷热的三伏天飘来一丝清风，让人顿觉神清气爽。

“笑什么？快告诉我。”“我想起了小时候，你经常从家里偷粉条给我泡水喝。粉条泡软了，吃的时候，嘴对着瓶口，圆滚滚、滑溜溜的粉条，一下子塞满瓶颈，舌头能舔到却吃不到嘴里，干着急。”黎娜说着，“哈哈”仰头大笑，笑着笑着，眼泪淌了下来。王贵无言地望着她，递上一张餐巾纸。

三

小时候，黎娜的父母在石门市工作，为了陪伴爷爷奶奶，十来岁的黎娜来到农村爷爷家，和王贵同村，同学。

王贵，小名狗娃，在农村，父母给孩子起个贱名好养活。自打上学后，王贵在本子上、课本封面上、考试试卷上都工工整整地署上自己的大名，可是，包括老师在内，人们仍旧“狗娃，狗娃”地叫他，为这，王贵心里很不舒服可又无可奈何，总不能强迫人家喊你王贵吧。

黎娜的爷爷是村子里的“贵族”——赤脚医生，不用下地干活，整天在大队卫生室给人们拿药、打针。那天，他带黎娜来串门，俩小人儿在一起玩，黎娜问：“你叫什么？”“王贵。”王贵特郑重特严肃地说。打那以后，黎娜就叫他王贵，这让王贵幼小的心里欣喜不已，再看黎娜，小辫上打着蝴蝶结，花褂子，灯芯绒裤子，漂亮的小皮鞋，和穿着补丁土布衣裤的农村“小泥猴”比，简直是鹤立鸡群。皮肤黝黑，浓眉大眼，少言寡语的王贵特别聪明，不管多难的题，他都会做，老师经常表扬他，还让他当了班长。那时候，老师经常留一些作业，就不知道忙什么去了，王贵自然而然成了同学们的“小老师”，同学们有不会的题都去问他，他总讲得头头是道，明明白白。黎娜对跳舞、唱歌、演演样板戏无师自通，同学们送她一个外号“小铁梅”，但是一做数学题就蒙了，所以，问题格外多。这个聪明的男孩子像个大哥哥，总是给她耐心地讲解。为了感谢王贵，黎娜经常央求爷爷从卫生室里带些盛针剂用的纸盒啊、输液瓶子之类的送给王贵。这些“礼物”，让王贵欣喜不已。他家兄弟多，买不起那种花花绿绿的铅笔盒，钢笔放在书包了，调皮的墨水总会跑出来，弄脏书本。所以，纸盒对狗娃来说也是奢侈品，好多同学连纸盒也用不上。至于输液瓶子，用途就更多了，夏天用它带开水，冬天用它暖被窝。冬天的夜晚，屋子里像冰窖一样，把热水灌进瓶子里，放在被窝口，用脚一蹬，骨碌碌，滚烫的瓶子一下子滚到被窝的另一头，冰凉的被窝立刻有了暖意。躺在被窝里，冰凉的脚丫踩在烫乎乎的瓶子上，要多舒服有多舒服！拿什么回报黎娜呢？王贵瞄准了母亲吊在房梁上的一捆儿粉条。趁母亲不在家，他悄悄搬来桌子，桌子上再摞凳子，蹬在凳子上，踮着脚，偷偷抽出一两根，折成小段，藏在书包里。

课间，同学们都去玩游戏了，他俩跑到学校的大杨树下，靠着笔直粗壮的树干，边聊天边分享泡好的粉条。“在石门市，真的能在屋里看电影？不是在大队部的院子里？”“嗯，那叫电影院。”“在自家也能看盒子大小的电影？”“噢，你说那个呀，那叫看电视。”“每天都能看电视？”“嗯。”“每天都有人去给放映？”“不用别人，自己就能放。”王贵怎么都想不通，盒子般大小的“电影”会是什么样，村里好长时间才放一场电影，尽管故事情节都能背下来，可每次放映，孩子们还是高兴得像过年似的，尤其对放映员，王贵崇拜得不得了。那个盒子大小的“电影”不用放映员怎么放映？王贵皱着眉头，望着蓝天，百思不得其解。黎娜不管那些，只顾着喝水，吃粉条。粉条对那个年代的农村孩子来说，是难得的零食，更何况那是“偷”来家里准备过年时才吃的粉条。

那时，一到农忙，老师就带领学生们帮生产队干活，夏天拾麦穗，秋天摘棉花，冬天挖红薯。黎娜娇弱无力。每次参加劳动，王贵总是和黎娜排在一块儿帮她。休息时，他们在地头采摘些野草野花，心灵手巧的王贵总能随手编一些小玩意儿，给她一个惊喜：用马尾草编小狗儿、小兔儿，用麦秸编戒指，用高粱秸编蝈蝈笼子，用各色野花编花环……

那年秋天摘棉花时，王贵折断了几棵高粱，两手握着高粱秆，麻利地用牙齿叼着高粱秆的皮，一根一根劈成篾。他要编蝈蝈笼子，再捉一只翠绿的蝈蝈放进去，送给黎娜。忽然，锋利的高粱秆皮把王贵的手指割破了，血立刻滴了下来，顺着高粱秆滴到了泥土里。黎娜赶紧掏出花手帕，给王贵紧紧裹上，心疼得眼泪都出来了，王贵却笑着说："这有什么，一点儿不疼。"说完，继续编蝈蝈笼子。

……

好像一夜之间，孩子们都长大了。黎娜出落成一个亭亭玉立的姑娘，王贵的下巴也钻出了毛茸茸的胡须，男女生之间轻易不说话了。黎娜一看见王贵，心扑通扑通乱跳，她总是找一些借口接近王贵，问些不懂的问题啊，借文具啊，说话也不像原来那么自然；王贵见到黎娜，一副正襟危坐，目不斜视的样子，可是如果黎娜几天不理他，他心里就空落落的……

转眼冬天又到了，学完这一学期，他们就高中毕业了，黎娜要回到石门市父母的身边，参加工作，王贵要成为一个地道的农民，去生产队挣工分了。那些天，腼腆的王贵不敢看黎娜的眼睛，从黎娜热辣辣的目光中，他似乎读出了什么。青春的热血像一条暗河，在各自的内心涌动，朦朦胧胧。

一天，放学后，同学们都已回家，教室里只剩王贵一人在办批判专栏。忽然，像一阵风，黎娜跑进教室，红着脸塞给王贵一张纸条，又一阵风似的跑开了。王贵小心地展开纸条，上面写着："你愿意让我做你的媳妇吗？要是愿意，你就托人跟我爷爷去说。"王贵忽然觉得脸发烧，心里乱糟糟的。

四

"从那以后，每当大人们去我家串门，我就在外面侧耳偷听，是不是你让人去提亲了。春节后，我回到石门市，在红星拖拉机厂参加了工作，人们都说我是厂花，追我的小伙子不下一个加强连，可是，我一直傻傻地等着，等着你来提亲。我坚信，你一定会来的！”黎娜泪流满面。她咬住手指，竭力控制自己。她喝下半杯酒，让自己镇定了一些。“随着时间的流逝，我越来越失望，不敢打听你的情况，又忍不住不打听。有一天，我听人说你的孩子都满地跑了，我都快疯了！快疯了，你懂吗？”黎娜冲着王贵大声吼，歇斯底里地吼，“是我不漂亮？是我不优秀？我哪里配不上你？你今天要给我一个明确的答复！”黎娜猛地灌下杯中酒，把酒杯一蹾。

看着黎娜这样痛苦，王贵心如刀割。他没有阻拦，任凭她喝酒，任凭她发泄。“黎娜，不是你不漂亮，不是你不优秀，更不是你配不上我。相反，是你太漂亮，太优秀了，我配不上你。你从大城市里来，见过大世面，最终还要回到大城市；我家祖祖辈辈是土生土长的农民。那些年，我连县城都没去过，更别说坐汽车、看电视了。你知道那时我爹最大的心愿是什么？”“什么？”“他经常叹着气说，‘咳，什么时候咱家浅子（用高粱秆编制的生活用品，用来盛干粮）里的窝头能经常满着，我就知足了’。吃了上顿愁下顿啊！我怎么能让你跟着我受那份苦？思前想后，你的信，我没法回。”回想往事，像有一个钩子搅着王贵的心，“听说你回城后，进了工厂，后来你也没再提过那件事，我觉得你肯定是一时冲动才写了那张纸条，过几天就没事了，所以……其实，你最明白我的心。”听王贵这么一说，黎娜更加百感交集，“你好傻啊！我是贪图享受的人吗？……不，是我傻，没有把握自己的幸福，如果当初我不那么矜持，不只是傻等，我的人生该是怎样呢？近三十年啊，人生能有几个三十年……”黎娜语无伦次地说着，目光空洞，茫然。

是啊，时代的局限，城乡的差异，人们的观念，像一条条鸿沟，横亘在他们之间。一张纸条太轻太轻，怎能逾越重重阻隔？一张纸条太薄太薄，怎能承载沉甸甸的痴情？

“听说你——都有孩子了，我彻底绝望了，绝望了……喝酒，吸烟，打——麻将……”黎娜直勾勾地看着杯子里的酒，“醉生梦死。三十多岁才——结婚，同床异梦，结婚，离婚；再结婚，再离婚。”黎娜不停地喝酒。王贵早已满脸是泪，唏嘘着，“我对不起你！是我害了你！”黎娜晃晃悠悠地站起来，凄惨地笑着，舌头早已僵硬：“哈哈，对——不起？没——必要，都是——命啊！是命运在——捉弄我。”说完，踉踉跄跄地扎进夜幕中……

母爱如山

这个真实而感人的故事发生在河北省深泽县一位普通的退休女干部身上。

2001 年，春寒料峭。北方大地依然光秃秃的。

石家庄通往成都的列车上，普通硬座车厢里挤满了熙熙攘攘的人群，其间，一位五十多岁的妇女靠在座位靠背上，她圆圆的脸，皮肤黝黑，鼻子扁平，身材圆滚滚的，她叫刘秀娟。在刘秀娟身边，偎依着一个十七八岁的姑娘，白皙的皮肤，挺直的鼻梁，苗条的身材。单从外貌上，怎么看都不像娘俩。“荣蓉，冷吗？”“妈，我不冷。”母女不再说话，各自闭目养神，然而，内心却翻江倒海，各自想着心事……

1983 年，一个三伏天下午，天灰蒙蒙的，树叶一动不动，闷热，身上像涂了一层糨糊。

破旧的农家小院里，人头攒动，声音嘈杂，有人还带着铁锹、锄头等，“你们不能把人带走！”“老王头买这媳妇，可是花了三千多块钱啊！”“还不到一年，就这样鸡飞蛋打啦？”

“乡亲们，买卖人口是犯法的！”“我们是来解救被拐卖的妇女儿童的，希望大家理解。”三十多岁的刘秀娟和“打拐”办公室的同事们耐心地、大声地解释着。

“为买她，我欠了一屁股账！”被称作老王头的人五十岁左右，蹲在屋里哭诉着。打电话要求解救的女子叫周桂兰，四川九江镇人，看样子不过十几岁，五官端正，皮肤白皙，个子矮小，嘴角有一颗黑痣。一看这阵势，躲在刘秀娟身后，吓得瑟瑟发抖，她怀里抱着一个女婴。“这个女人，我们一定要带走！如果你想要孩子，可以给你留下。”秀娟坚决地对老王头说。“我不要孩子！给我留个吃奶的孩子怎么养活啊！”老王头绝望地哭号。

此地不宜久留。秀娟和几个干警保护着小女人艰难地拨开人群，往外撤退。不知是着急，还是天气太热，或者是人太多，秀娟累得汗流浃背。好不容易挤出大门口，几个干警堵着门，秀娟带着小女人——周桂兰跌跌撞撞地跑远了。

石家庄车站，秀娟看着惊魂未定的小女人，心生怜悯。稚气未脱，已经做了妈妈。“多大了？”“十七。”她一副楚楚可怜的样子，秀娟一阵心酸，正是花儿一样的年纪啊，就被该死的人贩子给毁了。秀娟买好两张去四川的车票，她要亲自送周桂兰去四川，把她移交给当地的公安机关。她把身上的一些钱掏出来，塞给了桂兰，可怜的孩子，身无分文。桂兰感激地哭了：“大姐，你真是个好心人，真是我的救命恩人。”说着，“咕咚”一下给秀娟跪下，拉着秀娟的手说：“大姐，你的大恩大德我一辈子都忘不了。”秀娟鼻子一酸，用手背给桂兰抹去泪水，扶起她，“这是我的工作，你不用谢”。周桂兰点头答应着，泪流满面，说：“恩人，你帮我抱下孩子，我去趟洗手间。”

“轰隆隆，咔嚓嚓”，天空响起了炸雷，紧接着，下起了大雨。秀娟抱着孩子等啊等，一个小时过去了，两个小时过去了……怀里的女婴不知是饿了还是意识到什么，哇哇地哭起来！秀娟终于明白，周桂兰抛弃了女儿！这下该怎么办？再次抛弃孩子？绝对不行！就这样带回家？又不是小猫小狗，这可是一条小生命，家人同意吗？再看怀里哭泣的婴儿：黝黑的头发，白胖的脸蛋，端正的五官。苦命的孩子，顷刻间变成了孤儿。想到这里，善良的刘秀娟不再犹豫，毅然登上了返程的汽车。

半月后，打拐办收到了一封四川九江的来信。打开一看，泪痕斑斑。

“铁（贴）心的大姐：

一看你就是个好心人，把孩子丢给你，给你出了个难题吧，你骂我了吗？

其实，我也是女人，是孩子的亲妈，我能舍得跑（抛）弃自己的亲生骨肉吗？我是万般无奈啊！我被那个人贩子骗了，他说带我到大城市找工作挣钱，乡亲们也都以为我去了反（繁）华的都市，没想到……我怎能带着一个不明不白的孩子回家？我无脸见人啊！可是，跑（抛）弃自己的孩子，我的心像刀割一样。半月来，我每天以泪洗面，夜里一闭眼，就是女儿在哭，要我给她喂奶水，睁开眼一看，哪有女儿啊！

大姐，把女儿交给你，你就是她的亲妈，她就是你的亲闺女，希望你把她抚养成人。

我知道不该给你写这封信，可是，我实在思念女儿啊！大姐，在遥远的四川，还有一个妈妈时刻牵挂着她。”

这封错字连篇的信，声声血，字字情。善良的秀娟理解、原谅了周桂兰，一封封信，一张张照片慰藉着年轻母亲受伤的心灵……两个妈妈靠着书信来往，共同关心、疼爱着一个女儿。

荣蓉健康快乐地成长着，转眼十七岁了，出落成一个亭亭玉立的大姑娘了。秀娟看在眼里，疼在心上。

有一段时间，荣蓉总不吃饭，一副无精打采、心事重重的样子，有时眼睛红肿，女儿怎么了？病了？有心事了？不管秀娟怎么问，荣蓉什么都不说。

有一天，荣蓉突然闯进秀娟的卧室，严肃地说："妈，把我的身世告诉我！"

秀娟一下子蒙了，大脑一片空白。太突然了！十七年来，她把全部母爱倾注在这个苦命的孩子身上，悉心呵护照料她，唯恐她受一点委屈，唯恐失去她，难道小鸟飞走的那一天来到了？

看着女儿决然的表情，秀娟意识到，女儿长大了，瞒不住了。秀娟连续深呼吸，让自己的心情稍稍平息后，把事情的来龙去脉，原原本本告诉了女儿。

荣蓉泪流满面，匍匐在秀娟膝下，拉着秀娟的手说："妈，我早就怀疑自己的身世，小时候就经常听人们风言风语，指指戳戳。前几天，我看到了您抽屉里有四川的来信，觉得好奇，拆开一看，我什么都明白了。妈，我不是有意伤您的心。""妈知道。"秀娟扶起女儿，用手背给女儿擦去泪水，"妮儿啊，你有什么想法，尽管说出来。只要你幸福快乐，妈做什么都可以。""妈，我想见我可怜的亲妈，十几年来，她日夜思念我，可我连她长什么样都不知道！"女儿泣不成声。

四川。列车翻过了一座又一座的山，可还是被大山包围，好像永远也翻不完，永远给人压抑的感觉。

目的地——成都南站到了。按照电话里的约定，秀娟和女儿坐在车厢里没动。秀娟紧张地、目不转睛地盯着每一个上车的旅客，荣蓉更是一副焦急、心神不定的样子。

一会儿，车厢门口出现了一位没有带行李的中年妇女，个子矮小，嘴角有一颗黑痣。上车后，目光搜寻着什么。秀娟情不自禁地颤抖着，站起来，"桂兰……"中年妇女顺着声音转过头来，拨开乘客，快步走到秀娟面前，一把抓住秀娟的双手，泪光闪闪，"大姐，我的恩人，这些年来，我日夜都在思念你们啊！"荣蓉目光空洞，心里乱极了，面前的这个女人，难道就是日思夜想的亲妈？就是把她狠心抛弃的亲妈？秀娟抹了一下泪水，拉过荣蓉，说："快叫妈。""桂兰，这就是咱们的女儿荣蓉。"桂兰抬起手，慈爱地抚摸着荣蓉乌黑的头发，光洁的面孔……泪眼对着泪眼，时间仿佛凝固了。"妈！"母女俩抱头痛哭，秀娟心里酸酸的……

峨眉山、九寨沟、乐山大佛，在游览这些名胜古迹时，刘秀娟强作欢颜。

九江镇饭店。宾朋满座，欢声笑语；美味佳肴，交杯换盏，祝贺周桂兰母女团聚。刘秀娟心里说不出地难受。

刘秀娟，这个伟大的母亲，她带着女儿来四川找生母前，就已经做好了各种心理准备，不管女儿做出什么决定，她都会尊重女儿的选择，只要女儿幸福；刘秀娟，这个普通的女人，自打做出这个决定，就整天吃不下，睡不香，魂不守舍，像有人把她的五脏六腑都掏了去，毕竟养育了十七年哪！

难忘那一幕幕：多少个日日夜夜，她悉心为女儿喂奶、喂饭，怕凉了，怕烫了；多少个日日夜夜，她给女儿讲故事，陪女儿入睡；多少个日日夜夜，她接送女儿上下学，为女儿辅导功课。曾记得，每天下班后，天真活泼的女儿一边舞蹈，一边唱儿歌："我的好妈妈，下班回到家，工作一天多辛苦，妈妈妈妈快坐下，请喝一杯茶。让我亲亲你吧，我的好妈妈。"然后抱着她亲吻，这个时刻，她浑身的疲劳都烟消云散了；曾记得，能歌善舞的女儿在舞台上表演，赢得了热烈掌声；曾记得，细心的女儿自从知道她的脚指甲往肉里长，时间一长，钻心的疼痛，所以一有空，女儿就给她洗脚，剪脚指甲；曾记得，孝敬的女儿为年迈的姥姥喂药、喂饭……一幕幕温馨幸福的往事，一齐涌上了刘秀娟心头，这深深的母女情，怎能让她一下子割舍掉？

忽然，《世上只有妈妈好》的音乐响起来。女儿荣蓉满怀深情地说："各位叔叔、阿姨，在这幸福难忘的时刻，我点了这首大家熟悉的歌，献给我的两位妈妈。”荣蓉左手抱住周桂兰的肩头，说：“妈妈，谢谢你生育了我。”转过身，右手抱住刘秀娟，脸贴着她的脸，说：“妈妈，十七年来，是你一把屎一把尿，辛辛苦苦把我养大。谢谢你，我的好妈妈。我永远是你的女儿。”刘秀娟再也抑制不住自己的感情，眼泪再次不争气地、啪嗒啪嗒地落下来。“世上只有妈妈好，有妈的孩子像块宝……”荣蓉饱含深情的歌声，在刘秀娟、张桂兰及每个人心里激荡着。

返程的列车上，刘秀娟母女说着，笑着。窗外，四川的景色好美，山清水秀，不愧是天府之国！

拨浪鼓的故事

已近古稀的表哥在电话里异常激动，“你表弟……我台湾的弟弟！春节时，要来咱这儿探亲了！到时你们都过来啊。”

台湾的表弟已近不惑之年，还带来了他五岁的小儿子。这天，亲朋好友欢聚一堂，谈笑声、祝福声、杯盏碰撞声响成一片。

“嘣嘣嘣”，突然，一阵久违的声音传来，喧闹的小院沉寂下来。循声望去，原来是孩子们在玩拨浪鼓。朱红色的拨浪鼓锃光瓦亮，鼓面印着精美的图画，金黄色的鼓钉，漆黑的鼓边，做工精细，美观大方。

清脆的声音勾起了人们梦幻般的回忆，人们仿佛回到了儿时，不知怎的，表哥竟老泪纵横，他步履蹒跚，从里屋拿出一个纸盒，打开层层布包，里面是一个陈旧的小拨浪鼓！亲戚们一下子都明白了。

美丽富饶的滹沱河畔，有一个绿树掩映的村庄——赵庄，1915 年，舅舅出生在了一个普通农家，取名李进。卢沟桥事变后，日寇入侵华北，国民党反动派实行“攘外必先安内”的政策，战乱四起，民不聊生！在这乱世之年，舅舅青梅竹马的表妹王晓梅匆匆嫁给了表哥李进，一年后，生了个胖小子，一家人高兴得合不拢嘴。转眼间，孩子已牙牙学语。一天，舅妈对舅舅说，什么时候你去趟城里，扯块布料，天热了，该做单衣了，顺便给孩子买个拨浪鼓玩儿。舅舅说，我这就去。说完，背上褡裢就出门了。

谁曾想，舅舅这一去再没回来！活不见人，死不见尸。

夕阳的余晖中，下地回家的人们，常看见舅妈抱着孩子站在村口的大槐树下，目光茫然地眺望远方，嘴里不停地念叨，你爹买拨浪鼓也该回来了……

谁知，福不双降，祸不单行。一天，舅妈照旧领着孩子在村口守望，忽然，“轰隆隆”“轰隆隆”，一阵阵闷雷似的声音从村里传来，旋即，人喊马嘶，村子里大乱！舅妈一惊，抱起孩子朝村里跑去，朝自己的家跑去，可是，哪里还有家？只有滔滔滹沱河水滚滚向东流去！大片的房屋塌进河里了！舅妈蒙了，随后一屁股坐在地上，抱着孩子号啕大哭！“老天爷啊，我上辈子做了什么孽啊，你这样惩罚我！让我们孤儿寡母怎么活啊！”亲友们闻讯赶来，帮舅妈母子渡过难关，几经辗转，舅妈和表哥在赵庄西北方二十多里的留村落了户。

“娘，爹呢？”“爹给你买拨浪鼓去了。”这是表哥儿时记忆中印象最深的母子对话，舅妈坚信，总有一天，舅舅会回来的……

自 1980 年起，县委统战部不断收到台湾同胞的信件，寻找失散多年的大陆亲人，经过同志们的不懈努力，几个台胞都和亲人取得了联系，唯独一个叫李志远的台胞亲人下落不明。李志远，原名李进，老家赵庄，妻子叫王晓梅。可是统战部的同志们找遍了彭赵庄、西赵庄、小赵庄等带有“赵庄”的村子，都没有王晓梅的线索，难道……

舅妈老了，混浊的眼睛有些呆滞，整日沉默寡言。这天，她听说邻村一家失散多年的男人来信了！眼睛立刻放出亮光！她赶紧找到那家打听。

一天上午，统战部办公室来了一位老太太，她自我介绍，她叫王晓梅，留村人，听说邻村有人找到了失散多年的亲人，不知道政府能不能帮她也打听打听丈夫李进的消息。

王晓梅！李进！统战部的工作人员眼睛一亮，交换了一下眼色，但村子对不上啊。“大娘，留村是你老家吗？”“不是，我老家是赵庄，也就是现在的小赵庄。咳，那年，房子塌进河里，才搬到留村。”真是踏破铁鞋无觅处，工作人员高兴地说：“大娘，我们找你找得好苦啊！”说着，从一沓舅舅从台湾写来的书信中抽出一封念给舅妈听，舅妈边听，边笑，边流泪。

书信往来中，转眼到了一九八八年，舅舅在信里说，农历七月十五要回大陆祭祖。

七月十五一大早，表哥陪舅妈来到村口焦急地等待着，她已经等了半个世纪，终于等到了这一天。中午，一辆轿车在村口停下，车里下来几个人，老远，舅妈指着那个高大挺拔、头发稀疏的老人对表哥说：“他，他，你爹！”舅舅快步走来，握住舅妈的手，操一口纯正的深泽乡音说：“梅，这么多年，苦了你娘俩了。这是咱儿子吧，快让爹看看。”说完，一家人抱头痛哭。

原来，那年舅舅正在城里逛着买东西，刚给儿子买了拨浪鼓，忽然一群国民党兵抓壮丁了！人们四散逃跑了，舅舅和几个青年还是被抓住了。

来到家里，舅舅打开箱子，小心翼翼地拿出一个拙朴、陈旧的拨浪鼓，“嘣嘣嘣”，他眼含热泪，笑着，摇着。舅妈幸福地接过来，冲表哥说：“我就说嘛，你爹给你买拨浪鼓去了，一定会回来的！你看，这不是吗？”

舅舅说，自打到了那边，这些老兵没有一天不盼着回来和亲人团聚，等啊等，一直到五十岁才在台湾娶妻生子。

舅舅又走了！他带回来一个拨浪鼓，带走了一捧乡土。

不久，年迈多病的舅妈、舅舅在海峡两岸相继去世！他们是不幸的，亲人失散近半个世纪；他们是幸运的，在生命的尽头得以相见。难道就是为了见这一面？或是为了了却不失信的拨浪鼓？还是为了带走一捧乡土？

表哥把这个迟到的拨浪鼓珍藏起来，他珍藏了一份沉甸甸的父爱，珍藏了一个普通家庭半个世纪的悲欢离合，他要把这小小的拨浪鼓当作传家宝，让子孙后代牢记这骨肉分离的人间悲剧。

孩子，你干吗这么懂事

军当时是个十二三岁的男孩儿，我的学生，很阳光，小眼睛眯眯着，爱笑，一笑，眼睛像两道月牙。

每天傍晚放学后，军第一件事是到地里挖胶泥，然后把挖回来的胶泥晾晒干，他们家做炮仗，炮仗的底座得用胶泥做；第二件事是做饭，他爹娘白天去地里干活，很晚才回家，吃完饭就忙着做炮仗，军要让爹娘一回家就吃上热腾腾的饭菜；第三件事才是写作业。晚饭后，刷锅喂猪喂狗一切收拾停当，还不忘来学校帮我干活，陪我聊天。知道他每天这么忙碌后，我心里说，一个十二三岁的孩子，本该是疯玩的年龄，却这么勤劳，太懂事了！

那时，我刚参加工作，一人住在偏远的学校，一周内只有星期天才回家一次。十六七岁的我也还是个大孩子，除了教学工作外，每天得自己烧煤火炉子做饭炒菜，但是，和煤泥，到村民家里打水等力气活需要人帮忙干，几个离家近的学生就主动承担了这些活计。军就是其中的一位。

军是个心细的孩子，见我一人吃饭经常凑合就说，老师，你这样时间长了可不行，会把身体搞垮的。为此，他还邀请我去他家吃饭，我婉言谢绝后，他就时常把自家种的菜给我拿来，有时也把自己炒的菜端来，让我品尝；还有几次，他把和好的馅、面拿来，让我包饺子吃。军怕我一个人时寂寞，就从河里抓了寸把长的小鱼，盛在清洗干净的空罐头瓶里送给我……这哪里是菜，哪里是鱼，分明是学生一颗纯真的童心，这颗童心是那么爱戴老师，我被深深地感动着，真想说出自己的心里话，孩子，你干吗这么懂事！

渐渐的，我对他家的情况了解清楚了，他有个同父异母的哥哥，还有个弟弟，哥哥已结婚另过，嫂子和娘不太和睦，他即要替爹娘分担力所能及的家务，又要小大人似的，做疏通嫂子和娘之间矛盾的桥梁。真难为他了。

一天晚上，他兴高采烈地跑来，兴致勃勃地说，老师，我当叔了。我笑着说，看把你美的，是个小侄子还是小侄女？他说，小侄子。老师，我想出了一个让娘和嫂子和好的办法，只是得需要你帮忙。我问，什么办法？军说，小侄子得起名，嫂子肯定让娘起，娘要是能起个响亮、不俗气的名字，嫂子肯定高兴，嫂子高兴了，娘过去伺候她坐月子也高兴，可娘没文化……军嗫嚅起来。我的喉咙一下子觉得堵得慌，有点哽咽地说，你侄子的名字老师起，起好后，你嘱咐你娘，就说是你娘起的。放心，这事没人知道。军高兴得给我鞠了一躬，说道，谢谢老师。

目送他乐颠颠地跑出学校，我的眼泪在眼眶里打转，心想，孩子，你不必这么懂事！那是我第一次给婴儿起名字，其时，社会上刚流行起两个字的姓名，我翻阅着字典，挑选出十几个吉祥响亮的字，又和军一起，商量着留下了三个，让嫂子挑选。

军小学毕业后，我也调到城里了。后来听人说，军他娘因病去世了，他爹到远处打工去了。十五六岁的军就这样一边上学，一边承担起照顾弟弟、照顾这个家的重担。那年他去看我，脸上已没了那阳光般的笑容，取而代之的是和他的年龄极不协调的、生活重压下的苦笑、强笑，可是，他没有给我诉苦。临走时，我塞给他五十元钱。看着他瘦弱的背影，我的心隐隐作痛，忍不住失声痛哭，孩子，你真的不必这么懂事！

拾荒者的爱

上下班的路上，经常看到一位拾荒的男人，顶着寒风蹬一辆小三轮车，三轮车上稀稀拉拉地放着些易拉罐、塑料袋、废纸板等。他身材消瘦，常年的风吹日晒，让他黧黑的脸上布满了皱纹，身穿灰不灰、青不青的衣裤，背有些弯，稀疏、花白的头发趴在后脑勺上，这样的外表让人很难猜出他的年龄，五十多？六十多？或者七十多？

一天中午下班时，我又看见了他，看样子，他今天的收获不小，废品鼓囊囊地堆满了小小的车厢，三轮车一颠簸，纸板等废品晃晃荡荡地，似乎要掉下来了，我正想提醒他把废品踩实，忽然，我惊呆了，狭小的三轮车箱里，各种凌乱的废品下面竟有一个人！一个女人！！定睛细看，这女人正悠闲地躺在车厢里，由于车厢短，她的脚舒适地翘起，搭在车厢后边。女人的脸上、身上肮脏不堪，三轮儿上的垃圾就像她的保护色，呆滞的眼睛木偶一样，偶尔才眨动一下。

以后再见到拾荒的男人，小三轮车的车厢里总躺着那个女人。

下午上班时，正路过菜市场，由于没有顾客，菜贩儿们悠闲地聊着，原来他们在谈论那个拾荒的男人，我驻足倾听。一个女人说：“那天我说他，你也给她洗洗，起码把脸洗干净，看她脏的。你们猜人家怎么说？”“怎么说？”“怎么说？”人们好奇地问。女人模仿着拾荒男人的样子，表情严肃地说：“可不能洗，洗干净了让别人抢了去可怎么办！”说完，人们爆发出一阵大笑。有人说：“那女人是不是个瘫子啊，每次见她都躺在三轮儿上。”有人回应：“不是瘫子。有一次，那个男的捡垃圾时，我见那个女的也在捡吃的。”“我还见过女人叼着烟卷儿吸烟呢”“哎呀，咱可没享过那样的福，那女人要什么就用手一指，连话都不说。指着卖烧饼的，男人就去给女人买烧饼吃。咱起早贪黑不说，一顿饭不做就吃不上了。”“那你不找个捡破烂儿的？”女人们相互打趣的声音离我越来越远。

后来，在人们七零八碎的谈论中，我了解了事情的大概。原来，拾荒男人独身，在一次捡破烂时，看见了在垃圾池里捡吃食的女人，男人把她带回了家里，此后，每天出来都带着她。这样过了一段时间，女人的哥哥找到了拾荒男人家，要把妹妹带回去，女人闹着不回去。

又一天中午下班时，我遇上了拾荒的男人，照例拉着垃圾般的女人。他的腰似乎更弯了。我快步追上他们，说：“我家有些废品，你去收拾一下吧。”那个男人说：“我不收废品，只捡废品。”我说：“我知道，我是让你去我家捡，有不少呢。”男人脸上露出了笑容，“那好，那好，谢谢，谢谢。”“别客气。”

到了我家，拾荒男人从三轮上下来，然后扶女人下车。女人顺势蹲在大门里边，一股恶臭迎风扑来。我忍着阵阵恶心，带男人来到小院儿放杂物的储藏间，他整理着凌乱的废品，我去房间找了一个大塑料袋，给他们装了满满一袋鲜红的苹果，拿出来正要递给那个男人，冷不防，女人从背后劈手夺了过去。男人温柔地教女人：“你说，咱不要，咱家有。”那样子，像教自己不懂事的孩子。女人生硬地说：“要！”随即拿出一个苹果啃了起来。我对拾荒的男人说："你也吃些。"男人憨厚地说："你是好人，心眼真好。"他边收拾边和我拉家常。那个男人说，他走到哪儿就把她带到哪儿，怕她自己走丢了。家里有一亩多地，农忙时种庄稼，农闲时捡破烂。自从添了她，日子更紧巴了，不过，还是好人多，不少人给衣服、送食物，村里也给了低保。"我快六十了才有了个做伴、说话的人，好吃的我都先让她吃，尽量不让她抱屈。"说话时，男人看着一直低着头专心吃苹果的女人，眼里柔柔的，充满了爱恋。

"尽量不让她抱屈。"我心里忽然一阵感动，明白了菜市场上那些不愁吃、不愁穿、不愁花的女人为什么羡慕这样一个傻女人。她是不幸的，说不出一句完整的话，连自己是哪里人都说不清楚，她整日流浪，挨冻受饿；她又是幸运的，流浪时遇上了拾荒的男人，从此有了一个属于她的安定的家。男人很穷，但憨厚、实在，尽管他不会对她说"我爱你"，他也不懂得花前月下的浪漫，更没有给她豪华奢侈的婚礼，甚至连结婚证也不一定领取，但他对她不离不弃，相依相伴，尽全力不让女人受委屈。女人虽傻，却真真切切地感受到了男人的呵护疼爱。他们一起，简单、快乐、知足、幸福地生活着。

祝愿他们越过越好，相伴永远。

第三辑　人生百态

水花儿

水，从无数个高悬的莲蓬头喷涌而下，飞花溅玉，整个浴室氤氲在白茫茫的雾气中。细密的水线儿像顽皮的孩子的手，温柔地拍打着各具特色的胴体。浴室变得像仙境，缥缈、朦胧、变幻，“仙女”们雪白的躯体若隐若现。

一位八九岁的长发小“仙女”或许是耐不住溽热的空气，踩着水花儿来到浴室门口透透气，脸蛋儿、耳朵、小嘴儿红通通的，透明发亮，湿漉漉的长发打成几缕，贴在消瘦的脊背上，长长的睫毛上闪烁着一层细密的小水珠儿。“搓——澡——五元；打奶，五元。”稚嫩的童音好奇地认读着更衣室墙上的价位表。

声音吸引了另一位娃娃头的小女孩，她冲出迷雾，跑到浴室门口，不甘示弱地抢着往下念：“打蜜，五元，打盐，五元。”吐字像甩出粒粒蹦豆。两个童音争着往下读：“中药泡脚，十元。”

“你上几年级？”长发小女孩柔声细语。

“我上二年级。你呢？”娃娃头快言快语。

“我也上二年级。”

两个小女孩兴奋地聊起来。

“你在哪儿上学？”

“我在西内堡小学。我姥姥家在西内堡村，我跟姥姥长大。姥姥跟我可亲了。”娃娃头那小“机关枪”似的嘴里射出一串“子弹”。

“奶奶不跟你亲吗？你奶奶家在哪里？”

娃娃头低下了头，咬着指甲，半晌不言语。长发小女孩满眼疑惑，她伸出纤细的胳膊搂住短发小女孩，像个姐姐，关切而好奇地看着她。

“听妈妈说，我三岁的时候，爸爸给一个小弟弟当爸爸去了，我不记得爸爸的样子，也不记得奶奶。”“机关枪”的速度缓慢，低沉，变得有点像“独眼铳”。

长发小女孩也低下了头，说：“我奶奶跟我最亲了，上学都是奶奶接送我，奶奶还给我梳妞妞辫儿。爸爸在很远的地方打工挣钱，长这么大我没见过亲妈，更没见过姥姥。”

仿佛被两个小女孩稚嫩的悲伤所感染，浴室里的雾气更重了，白茫茫一片。

沉默！长时间的沉默！

“哎！要不咱们这样吧，”蹦豆般快乐的声音又出现了，娃娃头朝四周偷偷地看了看，红红的小嘴儿凑到长发小女孩耳边，悄悄地说，“咱俩让你爸和我妈结婚吧，那样，我就有爸爸了，你也有妈妈了，咱们都有爷爷、奶奶、姥姥、姥爷了！”

长发小女孩漂亮的长睫毛快乐地忽闪着。“嗯，好办法，回去咱们就给大人们说。”

“耶——”两个小女孩高兴地拍着手跳啊笑啊，硕大的拖鞋溅出无数个美丽的水花。

“不孝”子

“老天爷啊，我上辈子造了什么孽啊，我的命怎么这么苦啊……”

一大早，张大妈的哭诉声随着刺骨的寒风吹遍了全村，在宁静的村庄格外刺耳。

东邻快嘴李婶家的黑贝听到动静，冲着西院一扑一扑地狂吠，浑厚的声音引领起一曲群狗大合唱。

李婶放下正要下锅的米，扯过床上的羽绒服赶紧往外走，边穿边嘟哝：“这又怎么啦，又是跟谁啊？”

说话间李婶来到了张大妈家的院子。

“嫂子，我不是早说了嘛，你有什么事喊我一声就行，我知道你这老寒腿又犯了。瓦罐他们又不在家……”李婶说着已风风火火地走到了张大妈屋里。屋里冷清清的，只见张大妈摔倒在了炉子旁边，灰白色的头发遮住了苍老的面容，两手拄着冰凉的水泥地面，挣扎着想站起来，身上沾满了炉灰。

李婶想把张大妈扶起来，可是一个人扶不动，于是冲着西院大声吆喝："墩子，快来帮忙呀！"

见有人来，张大妈停止了哭声，但仍止不住地抹眼泪。

墩子前几天刚回家，他虽和张大妈的儿子瓦罐在一个城市打工，但平时各忙各的，并不常见面。他披着一件棉大衣，叼着自卷的"喇叭筒"，"扑踏、扑踏"走来。

连扶带抱，两人把张大妈弄到了床上。

李婶拿起笤帚，一边帮张大妈打扫身上的炉灰，一边问："摔坏了没有？活动活动，要不咱上医院检查检查去？"

"花那冤枉钱干什么，没事，就是老胳膊老腿了，活动不灵便，没大事。"张大妈慢慢活动着手脚说。

见张大妈没摔伤，两人松了一口气。墩子一摸暖气片，冰凉，便到院里拿柴火，张罗着生火；李婶赶紧拿起簸箕，把小山儿似的炉灰一趟趟清理出去，把屋子打扫干净。

柴火燃着了，火苗儿呼呼有声，蹿得老高，把小屋照得红彤彤的。墩子在上面压好煤块，拿过脸盆，胡乱洗了一下满手的黑；李婶把屋子打扫干净了，拍拍手上的灰尘，两人守着张大妈坐了下来。

"哎哟，你看看，你看看，这是怎么话说的，这真不落忍。"张大妈脸上有了笑容，一手拉着一人，感激地说："都说远亲不如近邻，我算是修下好邻居了！唉，比我那儿子、儿媳妇还强……他李婶，你知道的，瓦罐爹那死鬼，早早地撇下我们孤儿寡母……我拉扯大瓦罐容易吗，可是他……"张大妈说着又忍不住抹开了眼泪。

"瓦罐哥不错啊，人厚道，挺孝顺的，自己在外面舍不得吃，舍不得穿，连烟卷儿都舍不得买，总是卷'喇叭筒'抽，攒点钱就寄回家来。"墩子说。

"你那儿媳妇晓玲还不是和你一样，火暴脾气，刀子嘴，豆腐心，其实人也不错。自家的孩子嘛，多担待点儿，噢。"李婶劝道，顺手帮张大妈把头发捋到耳后。

“要说也是，他们在外打工也不容易，可我心里就是觉得憋屈。咱就不说这老腿了。这不，去年一年没往家寄钱不算，过大年都没回来。我一人在家天天盼啊盼。今年元旦的时候，把孙子小龙盼回来了，谁知，这小王八羔子……咳，”王大妈叹了口气，似有难言之隐，“这小王八羔子把我的存折偷走了。”

“不会吧。大妈，可能是你放在什么地方，忘了。过几天，兴许就找见了。”墩子说。

“不能！我在棉袄里子上做了个口袋，我那存折啊，就缝在口袋里。你看，你看，”张大妈扯开棉袄，左一下，右一下，展示给李婶和墩子，“线都拆开了！哎哟，我可怎么活啊！”张大妈说着，又拍着腿哭上了。

不知什么时候，屋里已聚集了不少老头儿老太太。

“什么时候发现存折丢了？”

“今天早上，我想，墩子他们也该回来过年了。天这么冷，家里煤不多了，就想取些钱找人送点煤，这才知道存折不见了。”

“他偷存折干什么？不会是上网成瘾了吧。知道不？听说大城市有网吧，孩子们经常整宿整宿在网吧玩儿。”

“不会是搞对象了吧。现在的孩子都早熟。”

“不会，不会，小龙那孩子我知道，正气着呢，不会学那些乌七八糟的。”墩子说。

“兴许孩子们有什么急用，来不及跟你商量。打电话问问，别把孩子冤枉了。”

墩子忽然想起了什么，掏出旧手机，边查找电话号码边说：“是该问问。去年什么时候，我好像听说瓦罐哥得了肝……”咳咳！李婶忽然干咳起来。墩子一抬头，见李婶正冲自己使眼色。

“瓦罐得干活挣钱不是。”老支书急匆匆赶到，铜钟似的大嗓门儿及时打断了墩子的话。

墩子忽然明白了什么，他把手机放回了口袋，自嘲地说：“这破手机，又坏了，打不出去。”

张大妈看着这一切，心里“咯噔”一下。

老支书坐到张大妈身边，握着张大妈的手说：“瓦罐这孩子在外不易啊！嫂子，你的儿子是好儿子，媳妇是好媳妇，孙子是好孙子。”

“我就是纳闷儿，存折哪儿去了，长翅儿飞了？”

有人开始咬着耳朵说悄悄话，张大妈目光更加茫然。

“嫂子，你要是急用钱，我立马就去给你拿，用多少，你说话！”村支书豪爽地说。

“谢谢，谢谢，谢谢支书，谢谢乡亲们。唉，不提那存折了，反正也没便宜外人不是？煤我也不买了，等瓦罐他们回来了再说。”

“唉，嫂子，这么想就对了。不过，煤还是要买的，我这就派人给你拉煤去，不会让你冻着的。”老支书拍着张大妈的手说。

“墩子！”支书喊道。

“有！”墩子“忽”一下站起来，来了个并不标准的立正。

“这事就交给你了。”

“得令！您就瞧好吧，这点事儿哪还能劳支书费心。”

墩子滑稽的样子把老人们逗得哈哈大笑。

忽然，笑容僵在了每个人的脸上，小屋里一下子鸦雀无声，气氛异常，人们齐刷刷把目光投向大门口。

老支书扭过头一看，外面不知什么时候下起了雪，大片大片的雪花棉絮般悄无声息地飘落。雪花中，晓玲、小龙慢慢走来，母子俩互相搀扶，哭得泪流满面，小龙怀里抱着一个骨灰盒。走进屋，两人“扑通”一声跪在张大妈面前。

晓玲从衣兜里掏出一个存折，双手递给张大妈：“妈，媳妇不孝，让您老着急了。存折是我让小龙拿的，瓦罐到死都没舍得花上面的一分钱……”

张大妈目光呆滞，忽然晕厥过去。

人们抹着泪，七手八脚地，有的给张大妈掐人中，有的揉心口，有的拍后背……

张大妈终于缓过气来。她拍打着床铺哭道：“瓦罐啊，你怎么能把钱看得比命重啊！你这个不孝的孩子，怎么能撇下一家老小不管啊！”

屋子里一片唏嘘。

蒲公英文学沙龙

窗外，雪花儿飞扬；室内，温暖如春。古筝曲《高山流水》的美妙声音在室内如水般流淌。品一口清香的绿茶，打开窗户，清新的空气挟裹着几瓣雪花儿飘进来，禁不住伸出手，欣欣然迎接这些轻盈美丽的“公主”，忽觉“倏”的一下，晶莹的雪花儿在我的掌心里结束了美丽而短暂的生命，只留下几点水痕。

院子里，堆满雪球儿的塔松更显苍翠。有几个孩子已经在玩雪。一个七八岁的小男孩儿用通红的小手儿捧着一个雪球儿，舌尖一点一点地舔着，那快乐满足的样子把我也带回了童年。真好，PM2.5 早已成为灰色的记忆。

唉？今天何不效仿《红楼梦》中的妙玉，取雪水煎茶招待文友？想着，我端起了一个干净的盆子，加入了顽童的行列。

我端着满满一盆儿白雪回到家里：在精致的碟子里装上精美的点心、糖果；在剔透的花瓶里插上几枝鲜艳欲滴的百合、玫瑰；在古朴的香炉里点燃一盘檀香。煮一壶雪水，泡几盏绿茶……正在忙碌，门铃响了，一摁遥控，门口的屏幕上显示出文友们那熟悉的身影。贾老师，虽然七十多岁了，但身体硬朗，精神矍铄，你瞧，他穿着件火红的羽绒服，在白雪的映衬下，更显年轻。“开门！”他声如洪钟，底气十足。

文友们陆续赶来，大家带着自己的新作，有的是几首隽永的小诗，有的是一篇优美的散文，有的是一篇清新的小说。

“今天，首先听杨大哥的诗朗诵，‘锅碗瓢盆交响曲’。”我和杨大哥开着玩笑。杨大哥年轻时曾在一所学校的学生食堂打工，他憨厚地笑笑，说：“那我就先献丑了。”杨大哥朗诵了他的诗歌《镜子》《冬天的风》等诗作后，文友们各抒己见，畅所欲言，和杨大哥交流意见看法。

“我今天来点新鲜的。”老张头神秘地说。只见他拿出一个移动硬盘，在电脑上打开，音乐响起，电脑显示屏出现了美丽的画面：蔚蓝的天空中，一朵朵白云在自由飘荡，一棵棵高大的槐树上结满了串串洁白的槐花。镜头由远及近推出五个大字《五月槐花香》。好长一段时间了，老张头总是神神秘秘的，谁也不知道他在鼓捣什么，原来在学习制作短片，把春天我们采风时拍的美景，写的美文合成了电视短篇。“……看吧，庭院里，道路边，山坡上，到处是洁白的槐花，……”甜美的女声诵读着优美的文字，抒情的音乐伴随着美丽的画面，文友们愉悦、幸福的笑脸逐一在画面中出现。仿佛被定格了似的，文友们有的端着水杯不动了，有的手捏瓜子放在唇齿间忘了嗑，有的痴痴地瞪着眼睛不说话，良久，才响起热烈的掌声。

轮到我发言了，我大胆提出了自己的一个想法，“亲爱的文友们，我觉得咱们就像一棵棵渺小的蒲公英，在文学这片广阔的天地，虽然我们从未姹紫嫣红却依然灿烂，我提议，咱们的文学沙龙就叫‘蒲公英文学沙龙’，好不好？”“好！”“同意！”

“让我们以蒲公英顽强、执着的精神共勉！”

干洗店的女老板

夕阳的余晖给这座小城涂上了一层柔和的橘黄色。正是下班高峰，街上热闹起来，熙熙攘攘的人群，大声吆喝着招揽生意的小商贩，汽车的喇叭声、自行车的铃声交织在一起，组成了一曲美妙的交响乐。

我来到“国人西服——天缘干洗店”。黄底黑字的招牌有些陈旧，在这条商厦店铺林立的街上，很不显眼。店面很小，最多不过三十平方米。店老板是一位三十多岁的妇女，手脚麻利。店里雇着一个二十来岁的姑娘。因丈夫买了套“国人”西服，前几天，我把西服送到这个店里来洗。

老板正在忙碌，看见我，热情地打招呼：“洗衣服还是取衣服？”“取衣服。”我拿出干洗店开的票据。老板看了看票据，没有找衣服，却从自己的衣袋里掏出一张折叠的一百元钱，展开，右手捏住一边，高举起来，一边抖动一边抿着嘴儿，冲我神秘地笑着。那是张崭新的钞票，抖动时发出清脆的声音。看着她莫名其妙地笑，我也冲她礼貌、木讷地笑了笑，然后试图用目光搜寻丈夫的衣服。

“衣服洗好了吗？”“洗好了。看，一百块钱！”老板继续抖动着钞票，大声说。“啊……”我茫然地、迷惑地随口答应着。看看周围，并没有其他顾客，她在跟我说话吗？我这么大个人，还能不认识一百块钱啊，用得着那么大声吗？

见我没反应，她索性两手捏着钞票，把钞票弄得嘎巴作响，冲着我诡秘地笑着。什么意思？是跟我要钱吗？凭什么！你这里是国人西服定点干洗店，我已经给了一张“国人”公司统一发放的干洗服务卡。唉，现在的商人，真是的……我心里有点不高兴，昂着头不理她的茬。

大概我的样子有点滑稽，女老板哈哈地笑了：“这钱是给你的。”“给我——的——？”不是要钱？是给钱？好事！我转过身，脸上堆满笑意：“啊——哈哈——给我的钱啊……”

嗯？不对，小姐，头脑清醒点，我暗暗叮嘱自己，别高兴得太早。她又没借你的钱，凭什么给你钱？她有什么企图？经常听说现在的骗子手段高明，有的说是捡了你的钱，见面分一半，给你一张假钱，骗取一半真钱。可不能贪小便宜吃大亏！这样想着，笑意僵在脸上。再看老板的笑脸，怎么看都觉得是皮笑肉不笑，典型的奸商嘴脸。

“不，不，这钱不是我的。我刚进来，没有丢钱，没有丢钱！”头摇得像拨浪鼓，伸出去想接钱的手，也随之变换了姿势，跟着用力摇晃着。

“是你老公西服里的。我们每次给顾客洗衣服前，都把衣袋掏一遍。这是从你老公的西服口袋里掏出来的。”

噢，原来如此。都说眼睛是心灵的窗口，看她的眼睛，清澈的双眸，我有点相信了，僵硬的笑脸也生动起来。

嗯？不会的，老公每次换衣服，总是把衣袋里的钥匙啊、钱啊、证件啊，一样一样放进新换的衣服里，应该不会丢，我又一次将信将疑。

“你搞错了吧？”“错不了！”她回答得那么肯定。“这样吧，我打电话问问老公，看他的钱少了没有。”拨通电话，老公说，没觉察丢钱。

怎么样？不出我所料吧。看她到底要什么花招。我叉起胳膊，轻蔑地笑着，静观事态发展。

正帮我打理衣服的小姑娘，早已笑得前仰后合："你们两个真逗，她偏说是你的，你呢，偏不认，真没见过你们这样的人。我作证，这钱啊，确实是从你老公的西服内袋里掏出来的，大概是他换衣服时一时疏忽，没有掏干净。这么多天过去了，你问他，他怎么能想得起来了？快接了吧。"

老板拉过我的手，"啪"，把钱拍在我的手心里。面对她真诚的笑脸，我为自己刚才的种种猜测感到无地自容。

童童的心事

“咚咚，咚咚。”

“来了。”听到敲门声，童童蹦跳着去开门。

是小姨！童童心里一惊！

小姨抱着一个大纸盒。

“童童，看，小姨给你买了遥控飞机。”小姨高兴地说。

“我去上厕所。”“哧溜”一下，童童躲进了洗手间。

五岁的童童是个聪明活泼的男孩儿，浓眉大眼儿，细皮薄肉，说话爷爷、奶奶、叔叔、阿姨不离口，人见人爱，左邻右舍经常听到他“吼哈，吼哈”“喜羊羊，我一定要抓住你！”等声音，他最喜欢和邻家一周多的小妹妹玩。

可是最近，童童像撤了架的丝瓜——蔫了吧唧的。

“这孩子，最近不知怎么了，怪怪的，像有什么心事。”客厅里，妈妈压低声音说。

“五六岁的小屁孩儿，能有什么心事。”

“妊娠反应重不重？想吃点什么，姐给你做。”

“不算重。想吃姐做的糖醋鱼。”

“那中午咱就吃糖醋鱼。”

“今天不了。和朋友约好了，逛逛妇婴用品店。姐，我得走了。”

听小姨这么说，童童长出了一口气，耳朵离开了门缝。

“童童，小姨走啦，再见。”

“再见。”洗手间传出童童愉悦的声音。

又是一个周末，妈妈对童童说：“小姨肚里有宝宝了，咱们今天看小姨去。”

“不去！”童童背对着妈妈，声音很冲，像和谁怄气。

“为什么？”妈妈一愣，双手扳过童童。

童童噘着嘴，低头不语，小手不停地摆弄衣角。

“到底怎么了？”妈妈有点急。

童童的嘴角一撇一撇的，泪珠儿一个劲儿往下掉。他抽抽噎噎地说：“一不小心，我让小姨——肚里——有宝宝了！我快要——当爸爸了。哇——”童童大哭。

妈妈被说得一头雾水，边给童童擦眼泪边问：“童童怎么可能当爸爸呢？”

“妈妈说过，不让童童——跟小女孩儿亲嘴儿，一亲嘴儿，童童就会——当爸爸。”哭得泪人似的童童忽然忸怩起来，“那天，小姨抱起童童，猛地这么一亲。呜呜呜，童童没躲开。小姨肚里——真的有宝宝了——”

妈妈努力回忆，自己好像是说过这话，那是一家人一块儿看电视剧，男女主人公亲吻时，童童说：“明天去幼儿园，我也亲亲芸芸，玩过家家时，她常当我媳妇。”

“不许和小女孩亲嘴儿！”妈妈警告。

“为什么？”

“一亲嘴儿，小女孩儿肚里就有宝宝了，你就当爸爸啦！”妈妈严肃地说。

没想到当时随口说的话孩子还记得，而且把小姨的怀孕和自己扯在了一起。

妈妈笑弯了腰，用手指点了一下童童的额头，说：“小男孩和小女孩不能亲嘴儿。你小姨又不是小女孩了，她怀孕，和你这个臭小子没关系。”

“真的吗？我不当爸爸了？”一双含泪的眼睛惊喜地望着妈妈。

“当然是真的。”妈妈一脸认真。

“噢！不当爸爸喽！”童童欢呼雀跃。顾不上擦去泪珠儿，童童新的问题又来了：“咦？那谁是宝宝的爸爸呀？”

“姨父啊。”

“噢——”童童咬着手指，一脸的坏笑，眼睛骨碌碌地转。

来到小姨家，童童神秘地和姨父说悄悄话，“我知道一个秘密”。

“什么秘密？”

童童双手叉腰，边点头边说：“你，肯定，和小姨亲嘴儿了，要不，你，怎么当爸爸了。”众人哈哈大笑。

夏天里蚊子真是讨厌，咬哪儿不行，偏偏咬了童童的小鸡鸡，奇痒难忍，痒得童童心烦意乱，恨不得把它揪下来。

这天，童童跟邻家小妹妹玩耍回来，妈妈正忙着做饭。

“妈妈，童童有小鸡鸡，小妹妹怎么没有？”童童扒在厨房门口，好奇地问。

这孩子，想什么呢，真是的！妈妈皱起了眉头。“去去，客厅玩去！别捣乱。”

“为什么呢，妈妈，你告诉我嘛。”

“嗯……这个……刚生下小妹妹时，她妈妈……嗯……嫌小鸡鸡碍事，给她剪了。”妈妈边炒菜，边吞吞吐吐地搪塞。

童童灵机一动，转身跑开。

厨房里，炒菜的噪音遮盖住了卧室里翻箱倒柜的声音。

“啊——”凄厉的惨叫声传来。

“童童，怎么啦？”妈妈冲出厨房，冲进卧室。

童童手握剪刀坐在地板上，腿裆里鲜血淋漓！

妈妈抱起童童，飞奔下楼，边跑边哭：“童童，疼吗？伤得怎么样？”

童童号啕：“小鸡鸡，痒，碍事；剪了，疼！”

妈妈这才明白了童童的心事。原来是自己的随口乱说和不负责任的话害了童童！

打　赌

“嘁，”田根旺满脸的不屑，“闷葫芦要是能在县城买房，我这‘田’字倒着写！”说完，脖子往旁边一拧，不再看和他说话的王满囤。

“他没买房子我这‘王’字也倒着写！”王满囤一脸的凛然，提高了嗓门儿说，逗得超市里的乡亲们笑了起来。“你俩的姓正写倒写一个样啊。这到底是为什么呀。”田根旺一见他们的谈话引起了人们的注意，更来劲儿了。“大伙儿说说，满囤说闷葫芦在县城买了房子，你信吗？你信吗？”田根旺伸着手指头，对聚拢过来的人们指指戳戳地问。

这家“便民超市”在村子正中的十字街口，虽然不大，但是针头线脑，时令蔬菜，鸡鸭鱼肉，烟酒糖果样样俱全，再加上漂亮的老板娘嘴儿甜，腿儿勤，颇有阿庆嫂风范，所以乡亲们买不买东西，闲时都爱在这儿歇会儿，尤其是晚饭后，一帮老娘们儿跟着城里学，在这里跳什么广场舞，超市里里外外更是热闹非凡，因此，这里也是一个小小的新闻发布中心。

“要说别人买房子，有可能；闷葫芦嘛，悬。”有人接了话茬。田根旺见有人同意自己的观点，更加得意，抽出烟卷扔给说话的人，自己也点上一根。

“不信拉倒，反正人家是买了，他们还说那个小区叫什么‘银都花园’，两室一厅，近七十平呢。”王满囤的话像掉在沙滩上的一滴小雨点，没有引起人们的任何注意，王满囤有点儿急。“哦，对了，”王满囤像想起了什么，提高嗓门说，“听说是国家拨款建的经济适用房，专门低价卖给贫困户。”“低价卖，又不是白送。再低的价格，也得十五六万吧，闷葫芦也买不起。”俩人继续掐。“据说有一个叫‘龚什么金’的给他贷的款。”“别说‘龚什么金’，叫‘龚银行’都不行。你知道贷款有多难多复杂？先别说什么担保啦，抵押啦，审核啦，没有硬门子能行？喊！”田根旺再次表现出了不屑。王满囤有些恼火，他觉得田根旺的这次不屑不光是对闷葫芦，也有对他听风就是雨的性格的不屑，于是说出的话硬邦邦地砸向田根旺，“你怎么就断定闷葫芦没硬门子？人托人能上天呢。”“你说这话我信，虽说周围的关系不出五个人，就能通到中央领导。这话用在别人身上行，在闷葫芦身上，不行！”见王满囤急了，田根旺反而摇头晃脑，像老学究似的慢条斯理地说。

看热闹的人越围越多，有的冲田根旺点头，有的觉得王满囤不像是捕风捉影，他俩一时谁也说服不了谁。

“你不信咱俩打赌，反正我信。”“赌就赌。赌什么？”王满囤往超市的货架上扫了一眼，说：“两包啤酒吧，羊肉串管够。”“行。”

一听说打赌，聚拢的人更多了，人们议论纷纷，大多数人认为闷葫芦在县城买房是讹传。

也难怪人们不信。闷葫芦大名叫任福禄，今年三十二岁，初中没毕业就出去闯荡，近些年一直在县宽幅织布厂打工，因不爱说话，人们给他起了外号“闷葫芦”。他爸老任原来是个光棍儿，住着土改时分的地主家的瓦房，说是瓦房，少说也有百十来年了，好像一场大风就能掀翻；

屋里窗台下铺的一片稻草就是老任睡觉的地方。老任喂两只羊，东游西荡地过日子，一人吃饱了一家子不饿，家里连院墙都没有，用玉米秸戳一圈把院子围起来就算有了院墙……老任四十岁那年，当时的村支书捡了一个女的给他领到家，又召集村里的妇女们把他家屋里屋外的羊粪打扫了一遍，把院里的杂草拔了拔，把满是锅巴的碗筷洗干净，热心的大娘大嫂们抱来自家的被子，在窗户上贴上喜字，老任就算是娶了媳妇。新媳妇儿直勾勾地瞪着俩傻眼冲着人笑，嘴里一个劲儿地嘟囔，但谁也听不懂说的是什么鸟语。生下任福禄后，傻媳妇的眼里有了光泽，慢慢地，她学会了些当地的方言，能和乡亲们交流了，这时再问她是哪里人，仍是一脸茫然，所以，至今就连任福禄也不知道自己的姥姥家住哪里，都有些什么人。

在这样的家庭长大，任福禄的自卑可想而知，渐渐养成了不爱说话的习惯。田根旺、王满囤、任福禄他们都是同龄人，光着屁股一块儿长大，任福禄的家底他们门儿清。虽说任福禄出去打了几年工，攒下了俩钱，但离买房还是相差十万八千里。精明的田根旺想到这里，不觉露出笑意，仿佛冰凉的啤酒，喷香的羊肉串在向他招手。

王满囤见田根旺自信满满的样子，心里有点儿虚，他走出超市，掏出手机，不知道和谁通了一会儿话，走进来笑呵呵地说："根旺，两包啤酒，外加羊肉串，别耍赖啊。闷葫芦今天上的早班，晚上在家呢，马上到。"

不一会儿，闷葫芦来到了超市，立刻被人们围拢。他茫然地望着大家，不知道王满囤猴急猴急地叫他来干什么。

"闷葫芦，我问，你答，别说瞎话啊。""嗯。""你是不是在县城买了房子？""嗯。""两室一厅？""嗯。""经济适用房？""嗯。""自己掏的钱？""嗯"，闷葫芦先点点头，又摇摇头。王满囤一看来了气，"你就光会说'嗯'呀，到底是怎么回事儿？""首付5万，剩下的，贷款。"

闷葫芦拙嘴笨腮地说。买房还能贷款？人们你看看我，我看看你。“不是，就你家那个样子，兔子都不去拉屎，哪个银行敢贷给你款？”田根旺有些急眼，这不合逻辑啊。“公积金。”人们再次听到了这个陌生的名词。“谁叫龚集斤？是你亲戚还是朋友？”闷葫芦摇头，“不是人，是，是……”闷葫芦一时不知道怎么表达，急得脸红脖子粗，最后憋出一句，“上网查吧。”“查哪几个字？”超市老板娘赶紧拿来纸笔，闷葫芦写下了几个字：住房公积金。说：“两年前，厂里给入了公积金。”

王满囤看着手机上的网页朗声念道：“住房公积金制度是国家法律规定的重要的住房社会保障制度，具有强制性、互助性、保障性……建立住房公积金制度能够有效地建立和形成有房职工帮助无房职工的机制和渠道，而住房公积金在资金方面为无房职工提供了帮助，体现了职工住房公积金的互助性…… 公积金贷款利率优惠，还款方式灵活多样，成数高，首付压力小……”

人们越听越明白，越听越高兴，七嘴八舌地议论起来，什么粮补啦，农合啦，现在又强制企业给职工们买住房公积金。

田根旺捣了任福禄一拳头，“你个闷葫芦，我真服你了，都两年了，你也不说。”任福禄不好意思地挠了挠头，害羞地说：“打算拿到钥匙后，请你们去玩。”田根旺冲着乡亲们说：“就连闷葫芦都能住上楼房，这说明什么？说明党的政策好，真正为咱老百姓着想，我输了也高兴，走，咱喝啤酒去。”

又遇浮尘

今天是星期天，李老师难得清闲。

李老师已近中年，依然身材高挑，穿一身挺括的灰色西装，齐耳的短发，越发显得成熟干练。李老师在这座小城的重点学校教学，平时忙碌就不用说了，到了星期天，也有做不完的工作，家访啊，教研啊，业务学习啊……这个星期工作少一些，昨天，李老师把所有的工作做完，打算今天把乡下的侄儿叫到家里来吃顿饭，尽一尽做姑姑的心意。

在侄儿七八岁的时候，大嫂丢下大哥和侄儿，离家出走了。这些年，老实巴交的大哥既当爹，又当娘，好不容易把侄儿拉扯大。去年，侄儿高中毕业没有考上大学。春节后，在这座小城菜市场练摊去了。这不，快两个月了，还没顾得上把孩子叫到家来，做顿像样的饭菜。今天，李老师心情很好，她打算做几个像样的菜，和侄儿一起享受天伦之乐。

上午，太阳像个病入膏肓的病人，虚弱无力地挂在天上，发着苍白的光，天空灰黄色，空气中有一股浓重的土腥味。真见鬼，又是浮尘天气。不知从什么时候开始，“浮尘”“扬沙”等一些遥远、抽象的词语，像一位位不速之客，突然来到了身边，真真切切、触手可及，影响着人们的健康，也影响着人们的心情。

李老师骑车来到大街上，快到一个十字路口时，忽然，从路口拐过来一辆风驰电掣的摩托车，歪歪扭扭，慌不择路，迎面驶来，差一点就撞上她，她赶紧躲闪。车上是两个十八九岁的男孩，擦着她身边呼啸而去。李老师惊出一身冷汗。紧接着，传来一个妇女尖厉的喊叫声："我的包！我的包被抢了！"从摩托车驶出的路口，一瘸一拐，跑过来一位年轻女子，一只脚上穿着高跟鞋，另一只脚只穿着袜子，时髦的外套、裙子上满是尘土，洁白的手套擦破了，渗出斑斑血迹。摩托车早已无影无踪，年轻女子顿足捶胸，号啕大哭。

赶路的停下来，公路两旁店铺里的男男女女也都围了过来，"包里有什么？""有二百多块钱、手机、钥匙……这些不得好死的！"年轻女子仍在哭泣。"快！打电话报警啊！""哼，报警有什么用。别说警察抓不住，就是抓住了，也是罚点款，拘留几天就放了！"围观的人们议论纷纷，"咳！这是什么世道，大白天明抢！这几天，光这条街上，就发生了好几起抢劫的。""贫富不均啊。""什么贫富不均，我看是现在的年轻人不学好，游手好闲，好吃懒做。""就是，连起码的荣辱观、道德观都没有了。""摔坏了没有？破财免灾，认倒霉吧。"……

李老师以前也听说过街上经常有人抢东西，今天还是第一次亲眼看见，说不定哪一天……李老师下意识地摁住肩上的挎包，不敢往下想。回想起刚才那一幕，仍然心有余悸。都是些刚走出校门的年轻人，在学校受了十几年的教育啊！怎么会是这个样子呢？今天的事，让李老师感到了教育的苍白，法律的无奈，更感觉到作为一名老师，自己肩负的责任是多么重大。

起风了，卷起一股股尘土，刮到身上、脸上，刮进眼里、嘴里，塑料袋、废纸片等垃圾趁机快乐地飞舞。

李老师皱起眉，边思考边往菜市场赶去。

菜市场，在一条街上。街道两旁，摆满了一个挨一个的摊位，摊上摆放着各种新鲜蔬菜。街道中间，步行的，骑自行车的，蹬着小三轮的，过路的，买菜的，把街道塞得满满的，熙熙攘攘，热闹非凡。老远，李老师看见一个摊位前围了一群人，那个商贩的菜便宜？要不生意怎么这么好？这时，迎面来了一位学生家长，自行车筐里装着刚买的蔬菜，看见李老师急忙下车打招呼："李老师，买菜啊。""嗯。前面卖什么菜的，那么红火？"学生家长说："唉，吵架呢。刚才一位老太太挑好了菜，掏出一个小手绢准备付钱。她颤巍巍地展开小手绢，从卷着的一沓钱里往外抽，一不小心，钱掉了一部分，风一刮，零零散散地刮到了挨着的那个摊上。临摊那个卖菜的小伙子眼疾手快，把钱都捡了起来。没想到，他不想把钱给老太太了，硬说是自己拾到的，偏要老太太给他谢礼。谁劝都不行。真少见！李老师，快买菜吧。""啊……"卖菜的小伙子？李老师心里咯噔一下子，她随口答应着，飞身蹬起自行车，赶到人群集聚的地方，听到了一个熟悉的、油腔滑调、玩世不恭的声音："反正这一百多块钱在我手里，你是要一部分呢，还是一点都不要，你自己选择。"一位白发苍苍的老太太气得嘴唇哆嗦，手指着小伙子："我……你……"

李老师用力拨开人群，来到那个摊位前。只见一位小伙子似笑非笑，得意扬扬地举着一沓零零散散的钞票，像举着胜利的旗帜……李老师运足了力气，"啪"，给了小伙子一记响亮的耳光。"把钱，还给老太太！"青年蓦然回首，惊得目瞪口呆，捂着火辣辣的脸："姑姑，是你……"

听说书

二十世纪七十年代，农村业余文化生活匮乏，农闲时，各村就有人出头，张罗着你家凑点米，我家凑点面，他家出点钱，就是为请来说书艺人，晚上听说书。管事的一般会跟说书师傅协调好，听哪部书，凑了多少钱，听多长时间，以及师傅的吃喝拉撒睡等琐事都要提前安排。如果村民大都反映这个说书先生说得好，附近的村子保准轮番来请。

说书艺人都有一个本领，故事情节根据自己的需要，想长能长，想短能短。想说长，一个分叉能说上半月：只听马蹄声声，一队人马挡在路中间，为首的一位手拿丈八蛇矛，你要问这位好汉是谁，却原来是某某某某之后，由于什么什么原因怎样到深山学艺……得，像飞上天的风筝，什么时候收回线全看他自己的心情。想说多长能说多长的人们见得多了，今天说个想短就短的故事。

这年夏天，村里又请来了一位说书师傅，这次是个女的，要说《杨家将》，说半月。

晚饭后，人们拿着小板凳、蒲团，摇着蒲扇，聚在一起听说书。说书艺人都有个共性，每晚在故事的关键、高潮、节点时结束，吊着听众的胃口，吸引听众明晚接着来听，她结束时，你从语气、语速都能听出来“今晚到此结束”。

这天晚上是在俺村的最后一晚，人们觉得时间过得格外快，只听师傅说道：“山贼把杨文广——”嘣——清脆的鼓声，“打入——大牢！”嘣，又敲了一下鼓，这次说书就算全部结束了，明晚也没有了。

村民们虽意犹未尽，却也没办法，就凑了那么点钱，说好的听半月。半月后该干什么还干什么吧。就有一个年轻人，爱钻牛角尖，心里一个劲儿地琢磨：杨文广后来怎样了？为此吃不下饭，睡不好觉。

这天，他灵机一动，想，你在俺们村不说杨文广后来怎样，在别的村该说吧。于是，他打听着说书艺人的行踪，一个村一个村地跟着听，可是，在邻村仍然是：“山贼把杨文广——”嘣——“打入——大牢！”嘣，又不说了。就这样，这个年轻人跟着说书师傅转了好几个村子，仍不知下文，他可真急眼了，这天上午他找到说书师傅，急赤白脸地说：“你这人怎么这样啊！”说书师傅平白无故被一位素不相识的小伙子抢白，很纳闷，说：“我怎么了？”小伙子说：“我都跟着你转了好几个村子了，你总是把杨文广打入大牢就不说了，这不是急死人吗？不行，你今天得接着给我往下说，你不说我就不走了，我一定得知道杨文广后来怎样了。”说书师傅想，常言说，说书的是傻子，听书的是呆子。今天遇上呆子了。她说：“那好吧，今天我就给你一人说书。”师傅忽然看见了放在门旮旯的笤帚和白铁皮簸箕，说：“咱也别搬家伙了，就拿笤帚、簸箕对付对付怎么样？”小伙子说：“那行。”就坐了下来洗耳恭听。

只见说书师傅拿笤帚、簸箕就开说了：“笤帚一敲簸箕响，咣——弟兄们——咣——救出了杨文广！”

第四辑　故乡水甜

石磨在诉说

"'恩农'有机农业种植园的面粉加工厂安装的是石磨！""石磨又回来了！"人们奔走相告。这个消息像一把闪光的钥匙，开启了我尘封已久的记忆，我迫不及待地想看看，石磨还是记忆中那古老、沉重的石磨吗？顾不得盛夏炎炎烈日，我打车直奔"恩农"有机农业种植园。

提起石磨，总让人联想到笨重、古老、落后、沧桑等词语。在农村生活过的中老年人，对石磨并不陌生：厚重的两扇磨盘，上扇有个圆洞，边缘有磨把，下扇有磨槽，通体发出冷冷的青光。人们一边把粮食放进上扇的洞里，一边身体前倾，用力推动磨把，磨好的粮食"簌簌"地从两扇石磨的缝隙流入磨槽。沉重的石磨犹如艰难的岁月，被人们奋力向前推动着，推动着……

据传，石磨在战国初期就已被人们使用，二十世纪七十年代，农村出现了电磨，石磨才渐渐退出了历史舞台，石磨为人们兢兢业业地服务了两千多年。至今，还流传着一些和石磨有关的俗语，"磨扇压着手呢"，是说正有紧急的事情需要解决，和成语"千钧一发"的意思相似；"站棍”，是排队的意思。听老人们说，过去，每家每户的一日三餐，都要靠碾子碾，磨子磨，所以，推碾子使磨子，是每天必做的家务劳动之一。尤其到了年关岁尾，家家户户都要磨面，磨豆浆，村里仅有的几副石磨昼夜不停地唱着歌。人们端着要推要磨的粮食排队，就叫“站棍”。现在，一些中老年人见面仍然互相问，你站上棍了吗？直听得年轻人瞪着眼睛发愣，不知所以然。可见，在过去，石磨与人们的生活息息相关。

我小时候因为人小力亏，没有推过石磨，只能“站棍”。记得那年年底，午饭后，母亲把泡好的黄豆放到一个大盆里，把大盆和我一同放到小车上，来到离家不远的一位大婶家。大婶家的磨坊外早已排上了几个大盆，都盛满了泡好的黄豆。院子里，站着好些人，妇女们叽叽嘎嘎地拉家常，孩子们在人群中钻来跑去。磨坊里，石磨正“咕噜咕噜”地唱着歌，人们不时地互相帮忙替换一下，一个人推磨时间长了，会头晕。母亲把大盆放在最后，对我说：“妮儿，轮到咱家还早呢，你在这里看着，我先回家忙去，一会儿就回来。”母亲交代完急匆匆地走了，留我一人独自守着大盆。

寒风呼啸，院子里好冷，冻得我不时地呵手跺脚。前边磨完豆子的人一个个走了，后边又不断有人端着豆子来了，我家的大盆后，也排上了几个。到后来，我家的大盆前面已经没有盆子了，可还不见母亲的影子！尽管我已经等了一个下午，可还是希望前面那一份黄豆磨得时间再长些。如果这家磨完了，母亲还来不了，我该怎么办？后边的人家会不会加塞儿？娘，你怎么还不来啊！眼看天黑下来，磨坊里已点上了油灯，我急得“哇”的一声哭了，妇女们都停止了谈笑，过来关切地问我：“怎么了？谁欺负你了？”有的骂自己的孩子：“小兔崽子，一定是你淘气了！”我哭着说：“没人欺负我。”“那你哭什么？”我说：“我推不动磨子。”妇女们笑了，七嘴八舌地说：“这么多大人呢，还能让你个小孩儿推？”“好闺女，别哭了，你娘一会儿就来了，就是来不了，还有我们呢。”母亲匆匆赶来时，我家的豆浆正“汩汩”地流到石磨下面的大桶里。

如豆的油灯下，母亲矮小的身材用力前倾，右手推动石磨，左手掌勺，不断往石磨里添加黄豆；瑟瑟的寒风中，人们还在等候……

石磨，唱出了纯朴的乡风民俗；石磨，见证了人们生活的艰辛。

不知从何时起，一扇扇石磨，被遗弃在墙角屋后，长满了青苔。被遗弃的仅仅是石磨吗？随着年龄的增长，时时怀念儿时“站棍”的场面，怀念那时纯朴的民风。

长大后，常听母亲唠叨，电磨磨出的粮食，没有过去石磨磨的味道好，过去的馒头如何如何香。直到后来，我们吃着速养的猪肉，吃着速生的鸡蛋，觉得和过去的猪肉、鸡蛋味道确实不一样，难道母亲说的石磨和电磨磨出的粮食味道真的不一样？

正回想着一幕幕往事，汽车终于赶到了“恩农”有机农业种植园的面粉加工厂。从外面看，面粉加工厂和相邻的建筑没什么两样，走进厂房大门，首先是一个消毒室，工作人员手脚都要进行严格消毒，戴上脚套，进入更衣室，换上干净、消毒后的工作服，经过消毒灯照射的消毒通道，来到加工车间。电机正带动着几个巨大的石磨隆隆作响，空气中散发着面粉特有的香味，几个全身上下包裹着，只露出两只眼睛的工人正在紧张地忙碌。我走近跟前，仔细审视着这个熟悉而又陌生的庞然大物，像看望久别重逢的老朋友，它比我印象中的石磨大得多，厚得多，直径大概有 1 米，厚 60 多厘米呢，在电机的带动下，这个庞然大物沉着地、从容地转动着，犹如一个历尽沧桑的长者在娓娓诉说，又像一个饱经风雨的歌手在深情歌唱，浅褐色的面粉簌簌地往下淌。王经理自豪地说：“现在人们生活富裕了，追求绿色无污染。咱们有机农业种植园就是适应消费者需求，种庄稼只使用有机肥，不使用化肥、农药、除草剂等。

生产的面粉，是使用咱有机农业种植园里产的纯天然、无污染优质小麦，再经石磨研磨，保存了原色原味，口感特别好。”

返璞归真，崇尚自然，既重发展，也重环保，社会生活又上了一个更新更高的层次。古老的石磨正谱写着一曲似曾相识却又崭新的歌！

永济桥

河北省深泽县赵八村有一座古老的石桥——永济桥。据《深泽县志》记载："永济桥修建于明万历年间，系朝中敬侍夫人郝芳为解除父老乡亲下地渡磁水之苦修建的。"

郝芳，当地百姓称之为"郝家娘娘"。有关"郝家娘娘"和永济桥的传说，在赵八村一带妇孺皆知，世代流传："树叶青，树叶黄，长大我要做皇娘；树叶黄，树叶青，长大我要坐正宫。"一个头上长满秃疮的小丫头整日念念有词……一天，村里来了一顶花轿，迎娶秃丫头，小丫头揭掉头上的秃疮，露出乌黑亮泽的青丝，秃疮变成了一只银碗，小丫头吐了一口唾沫，唾沫变成了晶莹剔透的珍珠……

古老的石桥，美丽的传说吸引着我。初冬的一个星期天，阳光灿烂，我骑上自行车，直奔赵八村，游览永济桥。

出县城不到五公里，公路两旁，一座座村庄连成片，村庄里，随风飘来一阵阵嘹亮的声音：有说普通话的，有说方言的；有声音甜美的女中音，有粗犷豪放的男高音。不同的声部，不同的节奏，不同的音色，演奏着一曲风格独特的“交响曲”。仔细倾听，原来各村在宣传新型农村合作医疗的方针政策。“新型合作医疗，取之于民，用之于民”等条幅、标语随处可见。

来到乡政府，说明来意，乡长热情地为我安排了一位女向导，说：“这些日子，我们都在各村办公，正办理合作医疗呢。她包着赵八村。”我们俩来到赵八村一个村干部家里。屋里已经有些人了，村干部面前摆着户口册子、本子、笔，村民们手里拿着户口本。人们互相开着玩笑，拉着家常，等待办理合作医疗手续。我说明来意后，村民们的话题立刻转移到永济桥上来，人们七嘴八舌地讲着民间传说，热情的村民还为我找来了一位德高望重的老伯，说他了解得更清楚。我提议，到桥上去看看。于是，老伯带着我，边走边聊。

“古时候，咱们深泽县地势低洼，南有滹沱河，北有磁河、木刀沟，每到雨季，三条河的水肆意横流，形成沼泽，秦汉时就因为这里水泽深广，起名叫深泽。流经赵八村西北的磁河不宽，自古没有渡船，简易的木桥经常被冲毁，人们下地种田，旱季就蹚水过河，雨季河水流量大时，有的就浮水过去，有的就坐簸箩等过河，就连收割的庄稼，也得用头顶着浮水运回家，每年都有人命丧磁河呀！明朝万历年间，赵八村出了一个‘郝家娘娘’，为咱百姓建了一座石桥，大大方便了人们的生活。为了让子子孙孙记住她的功德，百姓给这座石桥命名‘永济桥’。”

我们边走边说，不知不觉来到一座大堤上，不远处的公路两旁，矗立着一座座现代化的工厂。老伯说：“这就是磁河大堤。一九三八年正月十六早上，大雾弥漫，一村民正在拾粪，朦朦胧胧看见好多人马，还有汽车，从永济桥向东朝县城奔去。不好，鬼子要攻打县城！这个村民扔下粪筐，匆忙跑到县城报信。城里的军民得到消息后，做了防御部署，日军攻打县城失败，只好撤退。围攻无极的人民自卫军得知这一消息后，立即命令一营开赴过来增援。永济桥是敌军必经之路，一营决定在这里截击日军。上午11点左右，日军进入了埋伏圈，激烈的战斗开始了，子弹、手榴弹射向敌人……这里，”老人用手指着远方，画了一个弧形，“流淌着烈士们的鲜血啊！至今，永济桥上依稀还能看到当年激战时留下的弹痕。”

说着，永济桥已近在眼前了。只见一座石桥如一条白龙，南北腾空，雄跨在磁河上，石桥分五个拱券，每个拱券用28块长条石横砌成马蹄形，桥面两侧有石栏杆、望柱，桥头有旋鼓石，造型别致，气势壮观。由于几经战火，年久失修，栏杆多处断裂，望柱残缺不全。我深情地抚摸着石桥，细细地感受着每一个坑坑点点，好像这样就能辨别出哪些是战火留下的弹痕，哪些是风雨沧桑的印迹……古老的永济桥！英雄的永济桥！你历尽沧桑，仍巍然屹立于磁河之上！

回到村干部家里，院里、屋里仨一群、俩一伙站满了人，人们在办理合作医疗手续。“听说以后咱老百姓看病也能报销了？”“是呀，您老这心脏病，也该去医院做个支架手术了，别总拖着啦。”“等开了春儿，我就去做白内障手术。听说做完手术，眼睛可明亮了，连针眼儿都能看清楚呢。”“闺女，听说你是来考察永济桥的？”一位老大爷问我，不等我回答，他接着说，“‘郝家娘娘’为咱百姓建了一座桥，家乡父老祖祖辈辈不忘她的恩德。现如今啊，国家出钱为咱百姓办合作医疗，解决人们看病难的问题，为咱百姓考虑得多周到啊！要我说啊，最让咱百姓得济的还是共产党，共产党就是把咱百姓往幸福生活上渡的‘永济桥’！咱老百姓不忘‘郝家娘娘’，更要感谢政府，不忘党的恩情！”

金秋·故乡

总觉得，十月的秋天才是故乡名副其实的金秋。

十月，已没有了初秋时“炎蒸毒我肠”的溽热，也没有深秋时“萧瑟兮草木摇落而变衰”的肃杀。十月的阳光和煦而不毒辣，十月的微风凉爽而不刺骨。

就连清晨的雾也是淡淡的，薄薄的，蝉翼般笼罩着故乡，像轻纱曼舞，如炊烟袅袅，在高大的白杨树、繁茂的笨槐树、婀娜的垂柳间，在树木掩映下的白墙红瓦间，在硕果累累的田野间徐徐流动。

一阵微风吹过，薄雾即刻散去，露出瓦蓝瓦蓝的天空，蓝得令人心醉。阳光灿烂而温暖，清新凉爽的空气中氤氲着泥土、青草、果实混合在一起的特有芬芳，不由得伸一伸懒腰，做一做深呼吸，立刻觉得神清气爽，真是“高秋爽气相鲜新”。

田野上的色彩丰富起来，红通通，黄灿灿，紫嘟嘟，绿油油，白花花，全无萧瑟之感；田野上忙碌、热闹起来，农民们有的收，有的种，有的运，还有的热情地接待着成群结队赶来采摘的城里人。谁不忙呢？

就连小鸟儿也呼朋唤友，盘旋嬉戏，忽飞忽落，个个吃得肚大腰圆，分享着秋天丰收的喜悦。

“十一”长假的一天上午，我和友人驱车，也加入采摘旅游的行列。第一站，我们去的是故乡的“吐鲁番”——杜社村的葡萄园。

一下国道，来到通往杜社村的公路，远远地就看见一道高大的、圆拱形的葡萄长廊，迎接来自四面八方的客人。驶进葡萄长廊，仿若行驶在碧绿的隧道上。在葡萄长廊的指引下，汽车一直开到了村北的葡萄园。一下车，敦厚朴实的村干部热情地迎了过来。葡萄园边，果农正把刚摘下的串串葡萄轻轻地装进纸箱，那爱惜的样子像放下刚刚睡着的婴儿。

“咱村有一千七百亩葡萄，从五月中旬到十月底都有葡萄下架，现在是采摘‘克伦生’葡萄的时节。克伦生味美，无籽，营养价值挺高的。”村支书边走边介绍。葡萄园里，不时传出一声声惊喜的喊叫声，“这一串大！”“这一串熟透了！”显然是先一步来采摘的游客。我们一行赶紧找果农要了剪刀、篮子等工具，一头钻进了用网罩着的葡萄园里。

“克伦生”葡萄藤蔓较矮，只有一人多高。为了防止鸟儿啄食，葡萄园的四周及顶部都罩上了网。肥硕、宽大的叶子挨挨挤挤，像母亲的衣裙。一串串葡萄像调皮的孩子，藏在母亲的裙裾下和你捉迷藏，它们有的很“老实”，藏得不严实，轻易地就能被你“捉”住；有的相当顽皮，你得弯下腰，歪着头，费好大劲儿才能把它捕获；有的张扬，把肥硕的躯体高挂枝头；有的含蓄，谦虚地占据着低处不起眼的地方，你只有蹲下去，低下头时才会发现它。

双手捧着剪下的葡萄，掂一掂，沉乎乎的。“克伦生”葡萄的籽粒不大，饱满，晶莹剔透，密密实实地挤在一起，像紫色的珍珠。摘下一颗，仔细品尝，甘美的果汁在唇齿间流淌。禁不住“仙果”的诱惑，一颗颗葡萄源源不断地送入口中。

我正在大快朵颐，忽觉闪光灯一亮，刚才的“尊容”已收入了朋友的镜头。大伙儿围着看朋友的杰作，都忍俊不禁。于是纷纷摆出各种姿势，在葡萄园里拍照：有的一手拿着剪刀，一手托着葡萄，正在小心翼翼地剪葡萄；有的提着装满葡萄的竹篮，丰收喜悦之情溢于言表；有的把葡萄提起来，和红扑扑的脸蛋儿相映成趣……那一阵阵欢笑声，把小鸟都惊飞了。

不知不觉，该吃午饭了，我们准备在杜社村的农家饭馆吃农家饭。煮玉米、煮花生；蒸红薯、蒸白薯；炸金蝉、炸蚂蚱……一道道独具特色的农家菜端了上来，好客的村支书为每一桌上的客人送上一壶自酿的葡萄酒。倒一杯，如琥珀般透明；尝一口，酒香浓郁，甘醇可口。“这是咱村的葡萄长廊长的野葡萄酿造的，多喝点，纯天然无污染哦。明年七月份你们过来，那时咱村的景色可美了。葡萄长廊下，挂满了一嘟噜一串串的葡萄，供游人免费采摘。”“农民种植葡萄收益怎样？”“如果种植大棚葡萄，果品上市时间可大幅提前，每亩收入在三万元左右，要是种植克伦生葡萄这样的高档果品，每亩收入可高达五万元，明年计划扩种二百亩大棚葡萄。”“销路呢？”“咱村 2007 年成立了葡萄协会和葡萄专业合作社，进行统一管理，统一销售，科学施肥，测土配料，生产出的绿色果品很受欢迎，葡萄销往北京、天津、临沂、济南等城市。目前，咱村正逐步建起葡萄长廊、农家餐饮中心、葡萄酒堡、钓鱼休闲区等，打造集观光、采摘、休闲、娱乐、餐饮为一体的大型现代农业观光园。”

好一个新农村规划远景，好一幅美好的宏伟蓝图！

随后，我们又去了马里乡挖黑花生，铁杆镇摘皇冠梨，桥头乡摘苹果……

金秋十月，我们在故乡的田野上采摘着，收获着。我们采摘甘甜的果实，收获浓浓的乡情；我们储存幸福的回忆，憧憬美好的未来。

春田护苗战

去年深秋，冬小麦刚刚伸展出嫩绿、纤细的腰肢，一场罕见的暴雪劈头盖脸袭来，弱小的幼苗几乎遭受灭顶之灾。

今年，惊蛰已过，冷空气仍然在冀中平原上施展着淫威。雪花，这个一度被人们赞美的天使，此刻却像白色的幽灵，在夜幕的遮盖下，悄无声息地飘落，飘落。春天，像个胆怯懦弱的小姑娘，在寒冬的余威震慑下，刚刚露面，又怯懦地躲了起来。

那些劫后余生的麦苗刚刚返青，像初生的婴儿，娇弱无力。它们最需要的是温暖的阳光，和煦的春风，而迎接它们的却是冰冷的雪花。它们还没来得及体现生命的价值，就被一次无情的冷空气摧残了，它们被冻僵了，冻残了。一望无垠的大地上，麦苗像脱顶男人的头发，稀疏、矮小、枯黄！

大地母亲仿佛发出了痛心疾首的呼号：快救救麦苗吧！

农民是大地的儿子，麦田是农民的命根子。他们眼睁睁地看着麦苗惨遭蹂躏，束手无策；他们蹲在地里，深情地抚摸着寒风中瑟瑟发抖的稀疏弱小的麦苗，像抚摸奄奄一息的孩子，心痛不已！

看，几个熟悉的身影走进麦田，不时蹲下身子，仔细查看苗情苗势。近了，更近了，原来是县植保站的技术人员们！

农民们从四面八方朝着技术人员聚拢过来，一双双沾满泥土的手紧紧握着技术人员的手。

“咱这麦子还有救吗？”一双双渴盼的眼睛盯着农业技术人员，像溺水的人抓住一根救命稻草。

“有救！”技术人员的话语坚定有力，“只要有麦苗，咱就不放弃。”技术人员拔下一株麦苗，耐心地讲解着，交流着，像是医生和病人家属一起商榷最佳治疗方案。听完讲解，农民们信心倍增。

田野里热闹起来了：

听，乡间小路上，传来农业技术站的广播车播放小麦管理办法的声音。

看，手机上，发送着一条条灾后小麦管理的短信。

问，你家领了受灾麦田追肥补贴款了吗？

哗哗哗，那是清澈甘甜的水唱着欢快的歌，流进了麦田，滋润着羸弱的麦苗。

呵呵呵，那是农民淳朴憨厚的笑声。

党和政府的关怀，像和煦的春风，吹散了农民心头的愁云；像清澈甘甜的泉水，流进了农民的心田。

于是，在中国华北平原上掀起了一场拯救麦苗，尽量少减产乃至力争丰收的奋战，与祖国大西南数省的抗旱斗争同时奏响了新年春天的农田交响曲。

我们正以百倍的努力，索回这个春天应该给予我们的一切。

相信，洋溢着勃勃生机的春天仍然是可爱的。

乡村·早晨

初秋，清晨，薄雾笼罩着村庄，在高大的白杨树、繁茂的笨槐树间，在树木掩映下的白墙红瓦间徐徐流动。清新凉爽的空气中氤氲着泥土、青草、禾苗的芬芳。村子静极了，像一个盖着薄被的睡美人。

微风一吹，薄被揭开，太阳出来了，村子醒来了，叽叽喳喳的小鸟儿欢快地唱着歌，不时有几只长尾巴喜鹊在大树上盘旋嬉戏，忽飞忽落。

“嘟——嘟——”一声声悠长嘹亮的哨子划破了寂静的村庄，像是士兵听到了命令，“咣咣当当”，各家各户的大门陆续打开，人们走出来，手里都提着一个个鼓鼓囊囊的塑料袋，站在大门口等待着……

随着一辆农用三轮车“嗒嗒嗒”地开过来，哨子声也越来越近。开车的是一位中年男子。车厢里，已经装了好多五颜六色、大小不一的圆鼓鼓的袋子。站在门口等待的妇女、儿童，提着自家的袋子来到三轮车旁，把袋子放到车厢里。“嫂子，你们家每天怎么那么多垃圾，再吃，可就该减肥了啊。”“大婶，怎么都是西瓜皮啊，什么时候您一糊涂，把西瓜皮给自己留下，把西瓜给我扔上来多好。”“想吃西瓜还不好说啊，咱村现在这么干净，你功劳不小呢，婶犒劳犒劳你。”收垃圾的男子跟人们开着玩笑。

“怎么用这个办法，不建垃圾池？”王场村党支部书记解释说：“你别看咱们村子小，人口少，可是因为村子比较富裕，每天产的生活垃圾可不少。别的村建垃圾池，建在哪儿，都有一股难闻的气味，苍蝇“嗡嗡”地飞；风一吹，恶臭飘满整个村子，塑料袋子还到处飞，影响村容村貌。在建设生态文明村活动中，村民提议，指派一个人，每天收一次垃圾，这样村子环境就大大改观了。”

信步走在村子宽阔、笔直的柏油马路上，随意观赏两边的景物：各家门前都打扫得干干净净，墙外有限的空地上，种着水灵灵、绿油油的白菜；墙上，丝瓜、扁豆的藤蔓，像调皮的孩子探出墙来，一片片宽大的叶子，遮住墙体，金黄的丝瓜花，淡紫色的扁豆花娇嫩、朴实；碧绿的丝瓜，紫红的扁豆，在阳光下熠熠生辉。

忽然，飘来一阵美妙的音乐，我寻着声音，来到一个小广场。一群白发苍苍的老太太，穿着鲜红的运动装，随着音乐翩翩起舞，手中的道具随着音乐的变化而变化，一会儿是洁白的健身球上下飞舞，一会儿是如孔雀开屏般的扇子左右翻飞。远处，还有一群老年人在一位老大爷的带领下练剑，都穿着洁白的绸缎衣裤，动作舒展优美，柔和潇洒。晨曦中，剑花飞舞，鲜红的穗子随剑飘动……

哦，从沉睡中醒来的乡村早晨，诗情画意，美妙和谐。

月下美人

初秋的夜晚，月光如水，清爽宜人，我在幽静的小路上散步，突然手机响了，原来是杜英老人打来的，她告诉我她养的昙花今晚开放，约我去她家赏昙花。我又惊又喜，惊的是杜英老人竟然还记得去年秋天的约定，喜的是我终于有缘欣赏昙花了。

小时候读过老舍先生的《养花》，文中提到了昙花，但先生的文章里只是说："赶到昙花开放的时候，约几位朋友来看看，更有秉烛夜游的神气——昙花总在夜里放蕊。"文中并没有细致描述昙花开放时的情形。看昙花就成了一个美好的梦想。今晚，这个梦想就要实现了。我按捺着激动的心情，准备好照相机，快步朝杜英老人家走去。

认识杜英是在去年秋天，我慕名去采访她，因为杜英老人是著名的农民书画家，许多作品获得市、省及国家级奖励，2008 年庆祝北京奥运纪念碑林征稿，她的书法作品被选中，她被授予"中国古文化优秀传承者"称号。

杜英老人住一座普通的农家小院，院里绿树掩映，鲜花盛开。当时我并没在意这些，因为此行的目的是采访老人克服腰椎间盘突出等病痛，坚持书画创作的感受。

采访结束后，老人送我出来，在院子里，老人自豪地指着她养的花草树木逐一介绍，原来在这个普通的北方农家小院里，杜英老人培植了很多奇花异草：荔枝、樱桃、无花果、凤梨等，最后来到放置在大门口的一盆硕大的花草面前，我说，这盆是令箭吧。老人笑了，说，叶子和令箭相仿，这是昙花。这就是昙花啊！

我仔细观察着昙花那细长的如锯齿般的叶子。杜英老人见我这么感兴趣，说，昙花开放时，那才叫美呢。等明年昙花开放给你打电话。

循着淡淡的花香，我推开了杜英老人的院门，只见细长的墨绿色叶子间，钻出了一朵朵洁白如绢的花朵，这些花朵都垂吊在弯曲的、浅紫色的花柄下。昙花那绛紫色的“外衣”已经打开，层层叠叠的花瓣正开成喇叭状，像母亲温柔细腻的手，呵护着“腹腔”里娇柔妖娆的“宝贝”——花蕊。一束纤细、柔嫩的花丝顶着粒粒淡黄色的雄蕊，挨挨挤挤。雌蕊更加奇特，像一朵洁白的菊花。雄蕊、雌蕊像可爱的胎儿，蜷缩在娇嫩欲滴、弹指即破的洁白的花瓣中。

忽然，我发现片片花瓣、丝丝花蕊都在微微颤动，牵动着叶子也微微摇晃，像有微风轻拂。再看那些没有花朵的叶子，却纹丝不动，原来，那是昙花在绽放，为了那最美的瞬间，昙花似乎用上了全身的力气，花瓣、花蕊像无数冰清玉洁的美少女舒展着腰肢。

太神奇了，太美妙了，美得让人心疼，美得让人感动。

在花瓣、花蕊的颤动中，昙花开得有碗口大了，十几朵花在浓密的叶子间或隐或现，它们都在颤动，都在绽放，都在吐香。花瓣、花蕊、花叶相互衬托，清丽迷人，清香四溢。

杜英老人在一旁陪着我观赏，她说，昙花总在夜里开放，所以又叫月下美人。其实，人这一辈子也像昙花，虽然短暂，但只要努力绽放过，给人们带来过美的享受就无怨无悔。

皎洁的月光洒在老人的满头银发上，老人显得更加慈祥。我的脑海里忽然闪现出泰戈尔的诗句“生如夏花之灿烂”！这不正是杜英老人的真实写照吗？

忽然，我灵机一动，何不给这位蕙质兰心的老人和美轮美奂的昙花合影留念，记录下这美好的瞬间，照片就取名“月下美人”。

打　靶

人生有数不清的第一次，初出远门时的兴奋新奇，初恋时的紧张羞涩，新婚时的幸福甜蜜……今天，我经历了第一次打靶，那又是一种全新的感觉。

上午，闺中密友县妇联支主席打来电话，邀请我一起参加“国防日”活动，我欣然前往。

汽车甩下一路欢声笑语，向靶场奔去。临近靶场，已听到“乓、乓”的声音此起彼伏，像春节时燃放的爆竹声，靶场大门上悬挂着“欢迎参加‘国防日’活动”的条幅。

汽车驶进大门，迎面是一片杨树林，刚往右拐，突然，从树林里跳出两个战士，警惕地拦住了我们的车辆。支主席下车说明来意，战士们热情地为我们指了路。路两旁，彩旗猎猎，迎风招展。

来到打靶的地方，先来的一拨人刚打完，武装部长正欢送大家，并欢迎我们一行人的到来，几个战士正娴熟地往子弹夹里塞子弹。一旁，有十个靶位，每个靶位上放着一支乌黑发亮的半自动步枪，在阳光的照射下，闪着幽幽的蓝光。靶位前，铺着一片席子。

战士们把弹夹装好后，对我们发出指令：“卧倒！”等我们都卧倒在了席子上，每个靶位处对应一位战士蹲下身来教我们，我身旁的战士手把手地教我，左手握住弹夹，右手扣住扳机，枪托顶住右肩，右眼看标尺、准星和靶子，成三点一线……

我像个小学生，认真而笨拙地握住枪，闭紧左眼，脑袋、身子左右扭动着调整姿势，右眼极力去看三点一线，终于，自以为扭到了适当的位置，看到三点连成一线了。我屏住呼吸，尽量平心静气，扣动扳机。“乓”，一声巨响，震耳欲聋，心里一阵紧张，右肩肩胛骨一阵疼痛，原来是子弹飞出时枪支产生的反作用力。还好，没出什么意外，我长舒一口气，沉着地打完了剩余的子弹。

站起身来才发觉已是满头大汗，随手擦了一把汗后，才发现手上满是油污，不用说，刚才已给自己画了个“猫脸儿妆”。再看同来的女友们，个个成了“小花猫”，大家相互看着，哈哈大笑。临走，还不忘带几枚弹壳作纪念。

“日落西山红霞飞，战士打靶把营归把营归……”看看，美女们一点儿都不谦虚，打了一次靶，子弹打没打到靶子上都不知道，一个个俨然以飒爽英姿的女战士自居了。

爱照相的大姐

尽管知道大姐爱照相，但当我看到大姐收藏着那么多的照片时，还是被强烈地震撼了。黑白的，彩色的；大的，小的；生活照，艺术照……镜框里，墙壁上；相册里，床铺上，到处挂满、堆满了五彩缤纷的照片。

其中，几张黑白老照片最先吸引了我。照片上的大姐不过十八九岁的样子，留着齐耳短发，头顶的小辫儿上打一个蝴蝶结，格子上衣，胸前戴着毛主席像，左臂套着红袖章，左手握着毛主席语录。

大姐说："这是1966年春节时拍摄的。那时18岁了，知道爱美了，总想，要能照张相片该多好，留下青春的影子。可是，那时连饭都吃不饱，哪有钱照相啊！"提起往事，大姐欢快的眼神变得深沉了。

"那年春节前，母亲打算给我扯块布，做件新褂子过年穿。我说，我不要新褂子了，正月里，我要用买褂子的钱去照相馆照张相片。母亲却说，'做件褂子能穿好几年，照相能当吃啊还是能当穿，不行！'见母亲不同意，我的眼泪立刻流了出来。母亲心一软，也就同意了。咳……"

大姐叹了口气，沉浸在回忆中。“那时，咱县就县城里有一个照相馆。那天，我精心打扮好，约了几个伙伴，步行去了县城，照相馆里早已排满了等候照相的人。我开了条，排队等着师傅叫条上的号。都晌午了，饿得肚子呱呱叫，可还没有叫到我。直到下午了，才照了相。半月后，相片取了出来，立刻被伙伴们争相传看。看着她们羡慕的样子，我心里别提多美了，要知道，那时照相是非常奢侈的。我心里说，这是我第一张照片，来得不容易，一定要保存好。从那以后，我就把家里给的零花钱一分一毛地攒起来，一有机会就去照一张。”

“现在啊，人们的生活水平都提高了，照相馆、影楼随处可见，黑白照片也变成了彩色的，这么方便，想什么时候照相就什么时候照。前几年，孩子们也给买了数码相机，都不用跑到照相馆去了。”

大姐翻着照片，逐一给我介绍，这张是十几年前，在刚翻盖的平房前照的，那张是去年在新盖的楼房上，扶着锃亮的楼梯扶手照的；这张是去植物园游玩时拍的，那张是在果园里摘苹果时拍的；这张是正月里在县里演出时拍的，那张是在家里剥玉米时拍的……

看着大姐灿烂的笑脸，还有这数不清的色彩斑斓的照片，我感慨万千，这难道仅仅是一位农村妇女的相片吗？这分明是中国农村几十年发展的真实写照啊：不同年代的照片上，大姐的衣着、神态、身后的背景，无一不在悄然发生着变化。无意中，大姐记录了社会主义新农村的发展历程。

最后，我欣赏着大姐今年夏天的一幅彩色照片，照片上大姐打着白色花伞，身穿鲜艳的衣裙，优雅地站在一座洁白的石拱桥上。我说：“大姐哪像六十岁的人，简直是七仙女下凡间嘛！”

玉兰花开

单位院子的角落里有棵树，人们说，那是一棵玉兰树，十几年树龄，曾经开白花，后来不知为什么不开花了。说实在的，长这么大我是第一次见玉兰树，仔细看来，也没有什么特别之处：树干不过小腿粗细，树高不过五六米，枝叶也不繁茂，椭圆形的叶子稍大些，如此而已。

年复一年，玉兰树默默地生长，但仍不开花。

春天又来了。惊蛰已过，但依然春寒料峭，偶尔有几株小草，不畏寒风，倔强地探出嫩绿、羸弱的脑袋，扒着地皮，偷偷地望着依然不肯脱去冬装的人们。目之所及，满目萧条。北方春天的脚步那么缓慢！一切的姹紫嫣红，缤纷色彩，都对这乍暖还寒的天气心存畏惧。

突然，像是一夜之间，玉兰树的枝头竟布满了白色的花蕾！难道是哪位神仙随手在树上插满了纤尘不染的毛笔？“笔尖”直戳蓝天白云。洁白的花蕾如亭亭玉立的仙女，纤细修长，清新脱俗。啊！玉兰树竟然开花了！

又过了两天，院子里飘来淡淡的花香，玉兰花盛开了！高高的枝头堆雪砌玉，像栖息着一群振翅欲飞的白鸽，像飘落下了无数洁白的天使，像落满了忽闪着翅膀的白色蝴蝶。仔细观看，玉兰花姿态万千：北边的枝头，还有不少花苞，外面紧裹着一层深绿色的“棉衣”，毛茸茸，鼓胀胀，像一位位即将临盆的母亲。从北往南次第看去，有的花苞已经裂开，露出“小宝宝”洁白娇嫩的脸蛋儿，“小宝宝”好像还怕冷，仍然穿着绿色棉衣，头戴绿色小尖帽；有的花瓣抱团挺立，像婀娜的少女穿着淡绿色的裙子，展露出苗条的腰肢；有的花瓣抱头弯曲，顶着一个小小的黑尖，极像鸟儿蓬松的头和玲珑的嘴；有的才展开一片花瓣，仿佛怀春的少女羞答答地低着头掩面而笑。更多的玉兰花半开着，那润泽修长的花瓣有的自然翘起，有的伸展有度，花瓣之间错落有致，搭配合理，形成了赏心悦目、美妙绝伦的姿态。我不知道戏剧表演艺术中的“兰花指”是怎么来的，但是，这柔弱无骨，白如玉石，千姿百态，半开半合的玉兰花，即使是技艺高超的表演艺术家也模仿不来……无论哪一朵，都像是天工神匠用美玉雕琢成的稀世珍品。微风拂来，朵朵玉兰花如仙女婆娑起舞，从远处看去，玉兰树像一位风度翩翩的美男子，潇洒俊朗。这美轮美奂的景色，给人一种超凡脱俗，如入仙境的感觉。

满树的玉兰花笑狂风，傲冷雨，在枝头恣意绽放。它高雅，圣洁，朴实，无华；它不与群芳争艳，不屑蜂绕蝶追，在这乍暖还寒、色彩单调的早春给人们带来美的享受。

我喜欢南方傲雪的梅花，但我更爱这身边的玉兰花！

第五辑　家乡人美

那头“犟牛”

记不清是什么时候认识群英哥的，他给我的印象是阳光帅气、谈吐儒雅，不管是在谈判桌上还是在酒桌上，总让我联想起三国时的周公瑾，“谈笑间，樯橹灰飞烟灭”。然而，当真正认识一个人时，你会发现，表象和骨子里的性格有那么大的差距……

1963 年夏天，连续的暴雨把地势低洼的隆尧县南鱼村变成了一片汪洋，风声、雨声、雷电声、房屋的坍塌声、人们绝望的号啕声、孩子的哭闹声混杂在一起，洪水中不时漂过来谁家的一块门板，一只簸箩，一头猪崽……

雨稍稍小了些，一位年轻的母亲牵着十来岁的大儿子，背着两岁的小儿子“牛儿”，站在齐腰深的水中，她抹着眼泪，最后看了眼已荡然无存的“家”，毅然走上了背井离乡之路。

这个两岁的小儿子就是王群英。那年，他随母亲艰苦跋涉，来到晋县（现在的晋州市）和在那里工作的父亲团聚，后又随父亲到深泽县南关租了房，从此安家落户。

全家六口人（王群英兄弟四个，排行老二）的生活就靠父亲一人的微薄工资维持，家境非常困难。懂事的王群英初中没毕业，就去了深泽县化肥厂上班，以减轻父亲的负担。那年，群英才十六岁，就跟着师傅们学开“大黄河”，个头矮小的他坐在驾驶座上只露出脑袋，瘦弱的胳膊够方向盘都费劲。然而，王群英有一股不服输的牛劲儿，他跟师傅们认真学习开车、修车等技术，两年后，他已技术过硬，能和师傅们一对一趟地跑长途了。

1982 年，改革开放初期的深泽县出现了一个个专业户，其中就有“运输户”，年轻的王群英凭借自己技术、客户等方面的优势，买下一辆旧“东风”，检修后干起了运输——到山西拉煤。跑长途、爬山路、运煤炭，其间的艰辛哪是脏、累、险这些空洞的词语所能涵盖得了的。他随身携带的奢侈物就是一把军用水壶。如果遇上大雪封山，那真是苦不堪言，前不着村，后不着店，冻得透心凉不说，还得经常就着积雪啃又凉又硬的干粮……

唉，这头“犟牛”啊，只要拿定主意，九头牛也拉不回来。

1985 年，他回到故乡隆尧县义封村开办了面粉厂。

隆尧县义封村在隆尧县城东，地理位置优越，交通便利，再加上王群英做生意从不耍奸猾，一个月换一次面粉机里的易损件——滚子，磨出的面粉又白又筋道，在当地很有名气，销量很好。面粉厂开得好好的，王群英又带着开面粉厂赚得的五万元钱，回到了养育他的深泽县创办实体，他跑了不少地方搞市场调研，当他听说深泽棉油厂有十二台英制织包皮布的机子要处理时，他赶紧赶过去，把机子全部买了下来，着手创建毛巾厂。

光有机器，没有厂址怎么行？王群英打听到，深泽县土产公司下属的木材公司有一个废弃的木材仓库。说是仓库，其实是一个荒芜的大坑，里面满是朽木、垃圾、杂草，人一进去，不时惊出肥硕的老鼠或游走的长蛇。

王群英带领家人，拔草、清垃圾、拉砖，自己动手盖起了三间砖房，挑着能用的朽木废物利用，打制成门窗。就这样，“红星毛巾厂”建成了，这就是后来著名的民营企业——石家庄市鹏辉纺织有限公司的雏形……

听他讲述着自己的故事，深知他有一股打定主意就绝不放弃的犟劲儿，看着他，好像他的头上慢慢长出了两个大大的、弯弯的犄角……真是头“犟牛”！

铁姑娘

真是岁月不饶人，如果不是那闪闪发亮的满头银发，如果不是那走路蹒跚无力的双腿，单看这白里透红的脸庞，只听这思路清晰的谈吐，你怎么也不会想到当年的“铁姑娘”王秀改已是八十多岁的老人了！

1931年9月，王秀改出生在河北省定县南子京村一个贫苦的农民家里，父亲王四儿老实巴交，一家人靠三亩薄田过活。由于地块离家很远，不光浇不上水，送肥都成问题，在那靠天吃饭的耕作年代，地里的粮食产量本来就低，再加上当时的各种苛捐杂税，每年打的粮食所剩无几。父亲拼死拼活忙一年，根本养活不了穷苦的四口之家（王秀改家有父母双亲和弟弟四人）。

穷人的孩子早当家，打记事起，王秀改就已经在帮家里干活了，“秋拾秋，麦拾麦，不秋不麦挖野菜”。什么茇茇草、马齿苋、落落棵，什么杨树叶、柳树须、香椿芽，村里村外所有的野菜都挖过，所有的树叶都薅过。

懂事的王秀改不光勤劳，眼里也看事儿，她发现父亲王四儿在地里辛苦一天后，晚上还经常外出。一次爹又要出去，她忍不住问：“爹，你去哪儿？”爹说：“有事儿”。说完就钻进了夜幕中。后来她才知道，爹是共产党员。十一岁那年，王秀改上了小学，开始读书学习；十四岁那年她担任了南子京村妇救会队长、妇女小队长，她发动妇女为八路军站岗放哨，做军鞋、军袜，做手榴弹袋、子弹袋，支援前线，为抗日战争的胜利贡献自己的微薄力量。

1946 年，王秀改十五岁，是南子京村妇救会自卫队队长。那一年，国民党军由北往南撤退，在定县石家全村与我军遭遇。老村长带领村里的男人们支前去了，王秀改则发动妇女们到各家筹集面粉，然后和面、烙饼、烧水，再把烙好的饼、烧开的水，装上牛车。王秀改赶着牛车，只身赶往十五里外的前线，为我军战士送饭。枪炮声越来越近，子弹带着火光嗖嗖地从眼前飞过，但王秀改毫无惧色。战斗持续了三天三夜，她也三天三夜没有合眼。

1947 年 1 月 20 日拂晓，保南战役在风雪中展开。经过几天的激战，定县县城的外围据点已被我军清扫，定县县城已成一座孤城。1 月 28 日凌晨，解放定县县城的战斗打响了！

为帮助解放军修筑工事，减少我军战士的伤亡，王秀改发动妇女们做布袋。晚上，她整夜整夜不睡觉，把从各家募捐来的一匹匹白粗布一块块撕开；白天，再把撕好的布分发给妇女们缝布袋；然后再把缝好的布袋送到前线，装上土垒砌工事。

1947 年，王秀改同志任贫民团副主席。1948 年 6 月，王秀改同志在党旗下举起右手，握紧拳头，庄严宣誓：为共产主义奋斗终生！

1956 年 1 月，王秀改同志任深泽县委驻乡督导员，负责督导中央、苦水、杜社、孝敬等村的工作，她和贫下中农同吃同住同劳动。

7 月底的一天，电闪雷鸣，风挟着雨，雨伴着风，时大时小，人们早早地熄灯入睡了。正是抗洪防汛的紧急当口，王秀改丝毫不敢大意，她披块塑料布，背着铁锨，到处视察险情。忽然，她听到远处传来“轰轰”的声音。不好！发水啦！

睡梦中的人们被王秀改急切的呼喊声惊醒：“乡亲们，别睡了，赶快起来，发大水了！”转眼间，洪水铺天盖地地涌过来！原来是滹沱河无极县龙泉固村段的大堤决口了！（龙泉固原属无极县，临滹沱河，1956年夏天连降暴雨，河岸坍塌，整村塌入河中，原村西部居民迁往河西，另命村名。留东岸的靠堤建村，仍称龙泉固。同年，划归晋县。此后在政府支持下，全村南迁千余米重建家园。）王秀改和村干部们一起，赶快组织村民到地势高的地方，她一趟趟把老人、孩子全部背到安全地带后，自己才爬上树。天亮了，只见周围一片汪洋，何家庄村边的那片绿油油的杆子林连尖都看不见了，一间间土坯房在大水中一旋就倒，没了踪影……看着群众的财产遭受如此重大的损失，王秀改难过地流下了眼泪。

大水渗下去一些，王秀改同志又带领群众投入到紧张的生产自救、重建家园的工作中……

1963年夏天，大雨下个不停，滹沱河沿岸的防汛任务艰巨。上级要求沿河岸各村马上组织民工上堤抗洪防汛。夜里十点多了，仍下着大雨，时任深泽县大只要公社副主任的王秀改同志和供销社的一名同志一起，从大只要出发，冒雨到北白庄村去。

去北白庄必须经过一条五米多宽的水沟子，连降几天大雨，水沟子里的水有多深？能不能蹚过去？王秀改顾不得个人安危，和那位同志一起，手拉手，肩并肩，紧紧抓住沟里的一棵棵树，一步一滑地、艰难地往前走着！水忽而到大腿根，忽而到腰身，忽而又没过胸脯，他们互相搀扶，互相鼓励，终于安全过了沟！

来到北白庄村，村支书又惊讶又感动，他握着王秀改的手，说话都语无伦次了，“我的那个老天爷，你怎么这时候来了？”“老天天，沟里那么深的水，你是怎么过来的？”随即，老支书在大喇叭里喊开了：“乡亲们，快起来吧，王主任一个女的都来了，咱们赶紧到村东集合，到大堤上抗洪去。”就这样，头上淋着雨，脚下蹚着水，王秀改同志组织了自己负责的北白庄、中白庄、南白庄、高庙四个村的民工，到滹沱河大堤抗洪防汛去了。

在高庙段大堤上忙了三天三夜后，县长李文田说：“秀改，你回去吧。”王秀改说：“现在这么忙，我回去干什么。”李文田说：“要挂溜了，你一个女的在这儿不方便。（挂溜：用铁丝把树冠等防汛物资拧在一起，挡住洪水，目的是减轻洪水对河岸土地的冲刷。挂溜时，男人们光着身子在水中操作。）你以为让你回去歇着啊，你回去组织各村的后勤保障工作。”王秀改拿上一根铁锨柄，深一脚浅一脚地回到了大只要公社。从高庙河堤到大只要，只有六七里的路程，可是王秀改走了四个多小时！

抓革命，促生产。那个年代，抓农业生产是农村工作的主要任务，王秀改同志总能依靠群众，因地制宜，提高粮食产量。

1956 年初春时节，王秀改同志来到中央村，经实地考察，她了解到中央村是滹沱河古道，大多是沙白地，地力弱，粮食产量低，必须改善土壤，提高地力。她还发现，中央村有几个大水坑，她想，坑底的淤泥很肥，何不组织村民，利用农闲时节挖青泥，这样既积了肥，肥了地，又方便了夏天排水。可是，春寒料峭，各初级社组织来的五六十个壮劳力围在坑边，一个个抄着手聊闲天，谁都不愿意下到冰冷的水中。王秀改见状，率先扒掉鞋袜，挑起扁担，“扑通”，带头跳进了带着冰凌碴儿的水中。见状，大家相继都下了水，轮换着淘水、挑水，把坑里的水淘干，然后挖出淤泥，晒开后再运到地里。

1958 年，正月初六一上班，王秀改就来到南营村，带领村干部在地头支上了帐篷，时刻准备防霜防冻，保护小麦。她在地里一夜一夜地转，上级一说防霜，就赶紧组织村民在地头点火。那天夜里，她走着走着，不知不觉就要睡着了，恍恍惚惚间，她撞上了一个人，睁眼一看，原来是乡里的一位同事蹲着绑鞋带，她迷迷糊糊地撞到了人家身上。那位同事心疼地说，那边有一个柴火窝，你赶紧去睡会儿吧。

1975 年夏天，干旱少雨。王秀改同志来到所包高庙村视察。高庙村有个扬水站，把滹沱河里的水拦下，灌溉大只要、小只要、高庙村的庄稼。由于干旱，滹沱河里的水位降低，河水流不进扬水站了。王秀改通过走访有经验的老农，决定组织高庙村的农民拦截河流。她挽起裤腿，带头跳进河水，就地挖河泥筑坝，把水位拦高。人们边劳动边喊口号："下定决心，不怕牺牲，排除万难，去争取胜利！"经过一天的努力，终于把河水引入了扬水站。在水里泡了一天，到了晚上，要强的王秀改觉得浑身像散了架，小肚子憋胀得难受，可怎么也解不出小便……

新中国成立前，大堡、小堡、枣营村一带号称土匪窝，新中国成立后，仍存在三股歪风：吃喝风、赌博风、偷盗风。1961 年，组织上把作风硬、办法多的王秀改同志调到大只要公社任公社副主任、副乡长，分包大堡、小堡、枣营等村的工作。

王秀改到来后，首先深入群众中了解情况。经了解，这一带确实偷盗成风，盗贼什么都偷：农户里的私有财产，地里的作物，生产队库里的种子；干部们吃喝风严重，就连抓获小偷的赃物也吃；摸纸牌、打麻将、推牌九，人们好赌成性。在调查了解中，王秀改摸清了哪些人是歪风邪气的主谋，哪些人是从犯；哪些人是党员干部，哪些人是群众，同时了解了盗贼们的一些规律，他们之间相互接应的暗号等。针对实际情况，她想出了解决问题的实际办法。

每天晚上开会，讲歪风邪气的危害，带领民兵巡逻等一些常规办法自不必说，王秀改还总能想出一些奇招妙法，出奇制胜。

要想抓赌特别难，赌徒们赌博时想尽一切办法，地点打游击，打一枪换一个地方，牲口棚、草料间、废砖窑都是他们的聚赌点；窗户上吊着棉被，不让灯光露出；桌子上铺上褥子，不让赌具发出声音；盗贼之间也有暗号，有分工……这可难不倒王秀改，她有的是办法，有时根据群众举报，正面出击；有时利用盗贼间的暗号，抓个现形；有时略施小计，守株待兔。

深夜，王秀改带领村干部，悄悄地到一些爱赌博、爱偷盗的人家窗户根底下听房。从两口子睡觉的房间里，传出的香甜的呼噜声如果是两个，说明这家男人在家；如果只有均匀、细微的呼吸声，说明男人不在家。如果光凭听呼吸声听不出来，王秀改就指挥人“打草惊蛇”，那时候农村大多数人家都喂鸡，他们就轰鸡，鸡窝里的鸡发出“嘎嘎”的惊叫声，惊醒了睡梦中的主人，主人以为是黄鼬拉鸡，就会“啜吼”着轰赶黄鼬，一听说话就知道这家的男人在不在。如果谁家的男人不在家，他们就在大门口守株待兔，盗贼往往是人赃俱获，赌徒也无话可说。带到大队部，视情节进行处置。

农历八月十四夜晚，趁着朦胧的月色，三十多人悄悄地钻进了小堡村玉米地，一片嘎巴声过后，这群人背着、扛着、拉着一袋袋玉米，迅速离开了。

第二天，王秀改接到小堡村干部报案，小堡村五十亩玉米一夜间被偷净！王秀改拍案而起，这还了得，太猖狂了！经多方调查，知道是大堡村村民干的，其中还有大堡村公安员的弟弟。王秀改责令小偷把玉米都背到小堡村大队，一棒玉米也不能少！责令每个党员干部管好自己的亲属。

有一天，王秀改来到大堡村大队部，忽然飘来一股煮红薯的香味。走进屋里，几个大队干部正吃煮红薯，一位村干部大咧咧地说：“王主任，快来快来，拿块红薯吃。”王秀改问：“哪来的红薯？”那位村干部说：“贼偷的，交上来的赃物。”王秀改火了：“我说这吃喝风怎么刹不住，贼偷的你们也吃？看看你们这些村干部办的什么事，你们还不如贼哩！”村干部们一个个吓得直哆嗦，连连说：“不了，不了，再也不敢了。”王秀改的火气小了些，“这些赃物咱们是给五保户、困难户的，咱们干部的衣服是穿破的，不能让群众的指头戳破！”

三股歪风刹住了，王秀改因此也得罪了不少人。1967年，造反派组织了五十多人去斗她，她一看，都是些她曾经抓过赌、捉过赃的人。造反派头头问：“王秀改，那年你为什么开除李文章的党籍？”王秀改说：“你们让我说真话还是假话。”“当然是真话了。”“李文章你听着，”她看见大堡村的李文章也在其中，“你从外地回来时是预备党员，是不是？”“是。”李文章回答。王秀改厉声谴责：“你参与赌博，抓住了你五次，对不对？”“对。”“你偷南马村的红薯、高粱、花生，逮住过你四次，对不对？”“对。”李文章的头在一点点低下去。“那年，你偷了大堡村的一位老太太的白山药（白山药在当时是奢侈品），那是她女儿孝敬她的，急得老太太上吊，差点出人命，是不是！”“……”“咱们在你们村大队部开的全体党员大会，大伙一致同意，取消你的预备党员，是不是？”李文章的汗出来了，造反派头头尴尬地说：“走吧走吧，今天不斗了。”从那以后，造反派再不敢找王秀改的麻烦了。

“铁姑娘”王秀改，说话铿锵有力，掷地有声；做事光明正大，雷厉风行；做人坦坦荡荡，堂堂正正！

练摊小弟的梦想

二十年后的一天，再见到张士友时，他给人的印象是谦恭，内敛；敏锐，扎实。他一直在说，自己做得还很不够，无论是上缴利税还是安排就业人员，和那些做实体的老板没法比。

提起当年练摊的往事，他笑着说，姐，时间过得真快，一晃，都这么多年了。我逗他，你除了个子没长，别的都长了不少啊。他知道我在夸他素质高多了，笑着自嘲："是，岁数长了不少。"

今年三十七岁的张士友出生在深泽县大梨园村一个普通农家，在兄弟姐妹中排行老大。由于种种原因，小士友十三岁时就辍学回了家。照顾弟弟妹妹，做饭喂猪，用稚嫩的肩膀帮父母挑起了家庭的重担，他过早地品尝了生活的艰辛。十五岁那年，小士友来到深泽县宽幅织布厂，成为一名保全工。人们经常看见一个瘦弱、矮小的身影穿梭在高大的织布机间，背着和身高、年龄极不相称的沉甸甸的工具袋，时而趴下，时而蹲着修理机器……人小心大的他注意到，做生意比上班收入高。那时他就下定决心，将来自己一定做老板。

十七岁时，张士友只身来到天津、石家庄等地闯荡，他当过电工，蹬过三轮儿。十九岁回到家乡，用省吃俭用积攒下的一千元钱作底本，购来一些儿童小食品，练起了地摊儿。

没有亲身经历过摆地摊儿的人是不会理解其间的艰辛的：且不说每天的起早、贪黑、跋涉，且不说经常的风吹、日晒、雨淋……单就进货卖货，就有说不尽的苦楚。由于本金少，货就得勤进，只有进得勤，才能避免积压。卖货时还要眼观六路，耳听八方，手里收着一个孩子买泡泡糖的几分钱，嘴里要跟一位大嫂介绍卜卜星、亲亲虾条，眼睛的余光要留心那位盯着果丹皮流口水的小男孩儿……

两年的摆地摊儿生涯虽没有让年轻的张士友赚到多少钱，但是，他积累了一些经商经验，培养了吃苦耐劳、踏实肯干的优良品质及笑对困难的良好心态，这是张士友人生中难能可贵的“第一桶金”！

有了摆地摊儿的经验，二十一岁那年，张士友筹集三万元资金，在深泽县建设街租赁了一个店铺，干起了水产批发。我县的水产批发店，经销烟酒是其中一大项，大部分批发店是从经销商手中进货。那些年，假烟假酒泛滥。为保障消费者利益，从长远利益出发，张士友凭着远见卓识，独辟蹊径，直接和大公司、正规厂家打交道，建立了良好的销售渠道。经过努力，板城系列、紫塞系列、老白干系列、长城干红等酒业都和他建立了供销关系。

从厂家直接进货，不光保证了商品质量，最大限度地保护了消费者利益，而且厂家“调节杠杆”力度大，在滞销时不弃你而去，在畅销时帮你疏导市场，稳定商品价格。

大品牌，大气派。在和这些大厂家的业务往来中，年轻好学的张士友像一块儿海绵，如饥似渴地从这些知名酒业营销员身上汲取做人、经商之道——以诚待人，以信交人；心胸开阔，目光远大；头脑灵活，抓准商机……

功夫不负有心人，经过几年的打拼，张士友经营的“世纪酒业”得到了深泽县人民的认可，连年承揽人代会、政协会议等大型会议的招待用酒。

随着时代的发展，原来的小卖部、百货商场已不能满足人们的购物需求，一个新生事物——超市悄然诞生，以迅猛的态势席卷全国。超市购物“自选”的特点，大大提高了消费者的自主性，方便了顾客。但在二十一世纪初，我县仍没有一个像样的超市。

深泽的消费环境必须改善！2004 年年底，羽翼渐丰的张士友开始筹建深泽县第一个大型购物中心——“佳世界”超市。经过一年多的筹备，2005 年 5 月 1 日，在一片爆竹声中，“佳世界”超市正式营业了！

作为总经理，张士友经常到北京、天津、石家庄等城市做市场调查，严把进货渠道，严把商品质量关。为方便顾客，惠及顾客，“佳世界”先后推出了商品打折、积分兑奖、制购物卡等形式。一时间，超市里熙熙攘攘，人们有的提着购物篮，有的推着购物车，选购自己喜爱的商品，享受着整洁、舒适的购物环境。

2007 年，张士友又在石油街建起了“佳世界”石油分店。

“最难抓的是服务，每天抓的还是服务。”朴实的话语道出了张士友“顾客至上”的心声。为了提高员工素质，提高服务质量，“佳世界”超市制订了一系列学习培训制度：每周各小组组织一次现场培训；每月组织全体人员培训；每年组织员工到外地观摩学习，请专家来超市指导工作……为做好超市的管理工作，张士友从外地高薪聘请来三名高级管理人员，负责超市的日常管理，他自己也经常到外地学习“充电”。

我手中有一本《佳世界员工手册》，我对里面空洞的口号并不感兴趣，却非常留意一些细节，其中有一条这样写道：“……先用干布或掸子清扫商品、货架上的浮尘，再用湿抹布将货架商品擦洗干净……”管理学有句名言，叫“魔鬼存在于细节当中”，一个能把干抹布、湿抹布的使用顺序写进员工手册的企业，一定具有强大的竞争力。

我是“佳世界”超市的常客，在购物中，切身体验了“佳世界”人细致真诚的服务。不论是热情的导购员还是细致的收银员，每个环节都让顾客感觉舒心、妥帖。但我还是一个“好事者”，发现什么问题总要一吐为快，何况是小弟开的超市呢。有一次去“佳世界”购物，正值上午下班前的购物高峰，而营业的收银口却不多，每个收银口都排着长长的队伍，我想，先找经理提意见，看看管不管用。没过几天，再去购物时，这一不良现象已经改善，收银口多开了好几个，顾客也不必排长队结账了。

“一定要提升深泽人民的购物环境，提高‘佳世界’的品位，把‘佳世界’建成集购物、休闲、娱乐于一体的大型购物中心，使顾客真正体会到，到‘佳世界’购物是一种休闲，一种消遣。”

士友弟，愿你早日实现自己的梦想。

超越一百米

走进刘帅的家，我被眼前的一幕深深震撼了！只见刘帅正趴在床上，上半身探在床边，畸形的左手握着画笔，吃力地在画板上临摹着一幅工笔花鸟画。看到有人进来，刘帅微笑着跟大家打招呼。在屋子的角落，摆放着两只扣箱，里面放着数百幅刘帅的画作，有凌寒怒放的梅花，有娇憨可爱的猫咪，有振翅高飞的雄鹰，有辛勤劳作的农民，还有小桥流水、亭台楼阁、清泉瀑布、远山密林……每一幅画作都力透纸背，让人清晰地感受到刘帅丰富多彩的内心世界和他对美好生活的憧憬。

今年二十岁的刘帅，出生在一个普通的农民家庭，小刘帅出生时，父亲已经四十二岁，母亲三十三岁，哥哥七岁。他的出生给这个普通的家庭带来了欢乐，父母希望长大后的他英俊帅气，将来做个有出息的人。可是事与愿违，小刘帅到三个月时，父母发现他不会翻身，腰部不能动弹，四肢活动也很困难！小刘帅的父母急了，忙筹钱带他到县、市各大医院，但检查结果却让他们大吃一惊——先天脑瘫，终身残疾！他们不相信这样的结果，又四处借钱，带着小刘帅去石家庄、北京检查，折腾了大半年，最后不得不接受了这个残酷的事实。

“先天脑瘫，终身残废！”意味着吃饭、穿衣、大小便这些简单的日常生活，刘帅得完全靠别人照顾；意味着他生命的绝大部分时间将要在床上度过；意味着他不能像别的孩子一样快乐地玩耍、幸福地上学……刘帅小的时候，母亲抱出抱入，擦屎把尿，可是随着年龄的增长和体重的增加，矮小的母亲已不能单独完成照顾他的任务了，父母二人被死死地拴在家里照顾刘帅，生活变得更加窘迫，哥哥被迫辍学，十几岁就到建筑工地打工养家糊口，父亲则抽时间到附近捡拾垃圾贴补家用。

转眼到了入学的年龄，小刘帅多么希望能和其他小伙伴一样欢天喜地地去上学啊！但他连自己的日常生活都无法自理，又怎能像他们那样去上学呢？他渴望读书，渴望和小朋友们一起玩耍嬉戏，他哭着一次次要求母亲背着他去上学。终于有一天，母亲答应他：“今天爸爸妈妈背你去上学。”小刘帅兴奋得像一只小鸟，忙让母亲给他换上新衣服。可是到了学校，老师和校长看到刘帅的情况后，都同情而无奈地摇起了头，小刘帅只在学校的教室里看了看，就依依不舍地含泪而归。可是，要强的刘帅没有放弃，他让母亲找来其他孩子学过的课本看，不能坐，不能站，只能躺在炕上看。每天，母亲都把书拿到他面前，耐心地教他识字，坚强的小刘帅还让母亲帮他翻过身，趴在炕上，用略微灵活的左手拿起铅笔学写字。刚开始时，畸形的手指无论如何也握不住铅笔，铅笔掉了再捡起来，小刘帅一遍一遍地练，能握住笔以后就一笔一笔地写。软弱无力的脖子很难支撑起他的头，他练两分钟就不得不把头歪在炕上躺一会儿。虽然每一笔都是那么艰难，但他从不气馁，从不放弃。天道酬勤，就这样，小刘帅学会了写字，学会了查字典，随着知识的增多，他明白了许多道理。

刘帅十岁那年，有一天，父亲拾破烂回来，交给刘帅几段小朋友丢弃的彩色蜡笔，刘帅高兴地用蜡笔在纸上画道道，好漂亮的颜色啊！他舍不得乱画了，他要用蜡笔描绘美好的世界。从那一天开始，刘帅学画画了，家里的暖壶、茶缸、瓷碗，小猫、小鸡等，所有能看到的东西他都画，那台十四寸的黑白电视机是他最好的老师，他从电视里看到了许许多多的东西，懂得了外面的世界是那么美好，他把自己喜爱的骏马、老虎、鲜花、大树等画下来，并涂上自己喜爱的颜色，他还从小伙伴那里借来美术课本作为参考。画画改变了刘帅单调、枯燥的生活，使他的内心世界充满了阳光。

就在刘帅十五岁那年冬天，灾难再次降临这个不幸的家庭，家里的顶梁柱——刘帅的哥哥在购置结婚用品的路上被一辆货车重重地压在车轮下，再也没有醒来！年迈的父亲经受不住生活的沉重打击，精神失常了，母亲几次寻死，但每次看到刘帅那无助的目光时，她都放弃了这个念头。车祸几乎将这个不幸的家庭推上绝境。“哥哥走了，我就是家里的顶梁柱。”刘帅暗下决心，要用自己手中的笔，撑起家庭的重担。他望着饱经风霜的父母说：“爹，娘，你们不要难过，我会好好学画，等画得好了，我卖画挣钱给你们养老。”面对如此懂事的孩子，一家三口抱头痛哭。在家里那条大土炕上，刘帅画呀、画呀，一幅幅作品诞生了，《喂鸡》画出了一群鹅黄色的小鸡抢吃食物的生动画面，也描绘出了母亲勤劳朴实的形象，母亲看了，脸上露出了久违的笑容。画作《父亲》让精神失常的老父亲又开口说话了：“像我！像我！”

慢慢地，刘帅自强不息的事迹广为人知，感动、教育了无数人，深泽县委、县政府有关领导听说了他的情况后，给予了无尽的关心和帮助，2006 年，刘帅被评为感动深泽十大人物之一。2007 年，在石家庄市残联、市美术协会举办的“石家庄第二届残疾人书法、美术、摄影展”上，刘帅的一幅山水画获得了美术、水粉、素描二等奖。刘帅捧着奖杯，开心地笑了，父母望着坚强的儿子，绽放出灿烂的笑容。2008 年、2011 年，石家庄市电视台《民生关注》栏目，《石家庄日报》《燕赵晚报》都多次报道了刘帅的感人事迹。刘帅的事迹广为传诵，一次次的社会关怀也让刘帅感动：河北医科大学以岭医院先后两次把刘帅接去，免费为刘帅治疗；医科大学的同学们专门成立了“爱心小组”，定期去医院看望他，给他送去水果、衣服等；河北师大美术学院的师生们每天去医院为刘帅义务辅导；石家庄市民有的送去新轮椅，有的送去画板、颜料等，刘帅也光荣地成为河北传媒学院荣誉学员。

在社会各界的关怀下，在刘帅坚持不懈地努力下，刘帅的右手开始有了力气，身上的肌肉不再僵硬，原来只能在轮椅上坐五分钟，现在能坚持坐半天了！

如今，刘帅每天除了画画，还用双手拎沙袋练习臂力，为的是使自己的上肢保持灵活状态。他曾写过一篇作文——《超越一百米》，他希望有一天自己能从家门口往大街方向“走”一百米……尽管目标难以企及，但刘帅永不放弃。

“邻家”大哥

近两年，由于家里的变故，没少叨扰英魁哥，对他的为人处世有了一定的了解。他是典型的北方汉子，身材高大，面庞黧黑；朴实厚道，义薄云天；大碗喝酒，大块吃肉。他像邻家大哥，让人信任，让人安心，没事时彼此各忙各的，有事“吱”一声，不管大事小情，不管白天黑夜，保准尽心尽力去办，没有一丝一毫大老板的架子。深入接触后，对他的曾经过往有了更深层的了解。

1956 年，张英魁出生在河北省深泽县小张庄村一个普通农民的家庭，他心灵手巧，勤奋好学，十七岁毕业后，在生产队学开拖拉机，没多久他就掌握了这台大“铁牛”的秉性，驾轻就熟，加上他不辞辛苦，农忙时干农活，春播秋收；农闲时为生产队干副业，跑运输：拉化肥、氨水，运粮食、沙子……粮站的职工们经常看到一位身材高大的小伙子的身影，他毫不费力地扛起二百斤装满粮食的麻袋，一趟趟装上拖拉机，从深泽运往晋县火车站。一年下来，他为生产队挣了四万七千元钱！在那个年代，大部分村一个劳动日只合二三角钱，而他们村一个劳动日就合一元多！在二十世纪七十年代的农村，这不啻一大新闻，人们都知道小张庄村出了个能人，张英魁的名字不胫而走。

后来，张英魁做过木工、焊工等，也跑过运输。1995年，张英魁自筹资金，成立欣鑫金属制品厂，生产、加工、收购丝网，后与科威特合资，创建了深科金属制品有限公司，产品远销伊朗、伊拉克、沙特、也门等国家，后与法国德瑞克斯集团合作，产品打入了英国、德国、法国、加拿大等欧盟国家的市场。

2008年，全球性金融危机爆发。为了应对金融危机影响下复杂多变的国内外经济形势，降低金融危机对我国外贸的负面影响，我国多次调整了出口退税政策。

国内外经济形势动荡不安，企业如波涛汹涌的大海里的一叶小舟艰难行驶。这时，深科金属制品有限公司和老客户法国德瑞克斯集团签订了七千二百吨修高速公路护栏用的热镀锌丝，价值五千万元人民币。生产七千二百吨的产品需要一个过程，这时，深科金属制品有限公司经营的金属制品出口退税在短短的时间内由原来的8%降为5%，再降到0%，后来改为反征5%！上下相差十三个百分点！人民币外汇拍价，由原来的一欧元兑换人民币十二元降到九元五角左右。公司上下一下子乱成了一锅粥：有的主张暂不发货，有的嚷嚷着不该履行合同。张英魁等大家静下来后，说："今天，咱们不是讨论这批货如何处置，而是让你们明白，企业运营如逆水行舟，随时要做好抵御各种风险的准备。这就要求我们居安思危，永不懈怠。至于法国客户这批货，咱照单全发！其他的，我去谈判。"

虽说张英魁历经磨难，见过不少大世面，但一千七百多万元的损失还是让他心里隐隐作痛。但是，为了坚守诚信的做人原则，更为了保住国人在国际上的信誉，他觉得这样做值。

2009年10月，广州的交易会即将举办之际，张英魁接到德瑞克斯集团副总的电话，热情邀请他参加广交会。在广州，他和法国客户同游广交会，谈笑风生。临别时，法国客户拍着他的肩膀说："张先生，你守信誉，好样的。回去后，你查看一下公司的账户，看看钱多了没有。"说完，法国朋友微笑着耸耸肩膀。张英魁一脸的错愕，他回到住处，立即给公司财务通话，查看账户，结果发现，法国德瑞克斯集团又打进账户八百多万元！

原来，经过几轮谈判，张英魁力主，全球性金融危机、国家出口退税政策属于不可抗力，损失不应由我方单独承担。德瑞克斯集团为这事专门召开董事会，认为自合作以来，河北深科金属制品有限公司信誉良好，决定把 13% 的税全部返回。张英魁凭借着自己的智慧和良好的信誉，不卑不亢，为公司争得了荣誉，挽回了损失。

回忆往事，这位"邻家大哥"淡定地说："嗨，这还值得你做笔记？做企业几十年，这样的例子多了。守信是企业家的基本素质，守信，一路畅通，失信，寸步难行。"

河北深科金属制品有限公司，工人由原来的十来个发展到一百三十多人，纳税逐年递增，由最初的十来万到一百多万再到八百多万，为国家创了很多外汇。但是，生产丝网需要镀锌，锅炉需要燃煤，生产环节对环境造成污染。张英魁敏锐地感觉到，这种高耗能、高污染、低附加值的产业，不符合国家的产业政策，国家迟早要下大力量淘汰！但是，创办、经营一个企业，对企业家来说，犹如母亲十月怀胎，一朝分娩，悉心呵护，茁壮成长。试问，有哪位母亲舍得亲手扼杀自己活蹦乱跳的孩子？在县领导的劝说下，张英魁忍痛割爱，下定决心转型升级。其间，由中冶集团支持，通过生产二氧化碳保护焊丝，但张英魁觉得这个项目仍然有污染，不能长远发展，他当机立断，再次砍掉这个项目；后又创办河北鸿泽包装制品有限公司，生产易拉罐；再后来与成都千秋有限公司合作，生产硅酸镁铝内外墙保温材料……一次次转型失败让张英魁损失的不仅仅是一千多万元，他看不到企业的前景，感觉企业前途渺茫，但不管怎样，张英魁认准一个目标：有污染的项目赚再多钱也不上，一定要有长远目光，一定要绿色环保，符合国家产业政策。

2009年的央视大火，2010年的上海市中心大火，触目惊心，惨不忍睹。国家消防部明文规定，建筑物禁用保温B级材料，必须使用A级保温材料。张英魁从中看到了商机，他花费大量财力、物力、人力、精力，组建研发团队，与中国新型建筑材料设计院、清华大学建筑材料系共同研发，在这条研发的道路上，他已数不清失败了多少回。但凭着不服输的性格，坚强的毅力和过人的智慧，他们最后终于找到了一条路子。这个团队相继研发生产出了三大类产品：一是SK结构保温一体化模板；二是SK自保温砌块；三是SK轻质非承重隔墙板。这三种产品都是节能、环保的绿色产品，具有完全自主知识产权，符合国家产业政策，并申请了专利。产品节能效果达到75%～80%，可大大降低能源消耗，为环境保护、节能减排作出重大贡献。经专家评定，保温结构一体化体系从企业标准提升为河北省地方标准，填补了河北省空白。产品被河北省选中进驻雄安新区。

这就是英魁哥，百折不挠，永无止境。

英魁哥，我为你骄傲。不管你飞多高走多远，你永远是我最亲近的“邻家”大哥。

追梦中，她化茧成蝶

她是一位地地道道的农民，从未离开过她深爱的土地。大地母亲不仅为她提供了生存之需，还为她提供了取之不尽、用之不竭的艺术创作源泉。

1951年，中秋节即将到来时，刘改茹出生在定州市东内堡村一户农民家庭。她在家排行老三，上边有两个姐姐，下边有一个妹妹，两个弟弟。由于家庭贫困，刘改茹九岁才上小学，只读了两年，她就辍学回家，帮家长挑起生活的重担。十一岁的她带着弟弟妹妹和小伙伴们一块儿去拾柴、喂猪、挖野菜、拧锭子、纺线子，什么活都干。

刘改茹有一个心灵手巧的姐姐。为了补贴家用，姐姐用黑颜料把自家纺织出的紫花粗布染黑，描上花样，绣成漂亮的鞋头拿到集市上去卖，一副鞋头能卖四五角钱。刘改茹经常用羡慕的眼光看着姐姐把粗布变成色彩斑斓的鞋头，她觉得姐姐特了不起。那开在鞋头的朵朵灿烂的梅花、桃花深深扎根在刘改茹幼小的心里。

稍大些，刘改茹就和姐姐一块儿描花样，绣鞋头。她把地里的野菊花、蒲公英等描成花样，绣出的鞋头别具一格。

生活不再只是拉土送粪，割麦收秋，生活因有了描花样、绣鞋头而富有色彩。在刘改茹心中，绣鞋头的性质已发生了改变，它不再只是补贴家用，而是贫穷单调生活中不可或缺的精神享受。

如果不是遇上张庆云，刘改茹的人生道路会怎么走？那个年代会描花样、绣鞋头的姑娘，有几人后来成了画家？

1971 年，经人介绍，二十一岁的刘改茹和二十二岁的英俊潇洒、多才多艺的小伙子张庆云一见如故，相识一个月就结婚了。理由很简单，原来介绍人说，小伙子能写会画，大街里的标语、宣传画好多出自他的手，她又亲眼见了张庆云画的毛主席穿着大衣向人们挥手致意的画，刘改茹认定了他。

后来的交往中，刘改茹了解到，张庆云少年时就爱好画画，他有一个远大而美丽的梦想，将来做一名画家。然而，初中刚毕业就赶上了“文革”，再加上家庭困难，张庆云只好回家务农。白天，张庆云拼命干活；晚上，他就在油灯下读书、练字、画画。十六岁时，他进入文化馆，跟着老师学习写字、绘画，后来调到了搬运站。

结婚后，刘改茹才知道什么叫“穷得叮当响”。张庆云家低矮、昏暗的土坯屋里一贫如洗，土炕上只有一领席子；屋顶连根椽子都没有，更别说檩条了，全部用竹竿支撑，人一爬上屋顶，整个房子都颤悠，好像随时会从房顶漏下来；院子里的土墙豁豁牙牙，坍塌得不成样子，形同虚设，家人的一切活动，大街上的路人都看得一清二楚。母亲含着眼泪，为她送来了米、面、糁。日子总得过下去啊！

刘改茹不怕困难，她毅然挑起了家庭重担：相夫教子、孝敬老人、下地干活。张庆云平日里忙工作，忙画画，经常顾不上家，她从没有过半句怨言。那时，张庆云的画友们经常到家里来，共同探讨绘画技艺，耳濡目染，刘改茹对绘画产生了浓厚的兴趣，她在操持家务的闲暇试着画了起来，白菜、西红柿，麻雀、燕子，桃花、杏花……竟一发而不可收，画画成为她生活中的重要部分，理想的种子在她心里深深地扎下了根。

改革开放后，土地承包到户，刘改茹抓住大好时机，发家致富，她赶圈集卖鞋卖布，经常是披着星星出门，戴着月亮回家，扔下自行车就扛起锄头下地。

记得有一年冬天，去赶辛集市位伯镇大集，忽然下起了雪，她和同伴们赶紧收摊往回赶，每人的自行车后都驮着几个大包，东北风呼呼地刮着，雪粒唰唰地打在脸上，她们顶着风，猫着腰，奋力往前蹬，每人嘴里、鼻孔里呼出白白的热气在围脖上凝结成水珠儿、冰凌，逐渐形成冰挂，等赶到家时，冰挂已有数尺来长！

她说，每次一进家门，孩子抱着腿撒娇，猪也叫，鸡也跟着跑。泼辣能干的她生意、农活两不误。虽然辛苦，但小日子过得红红火火。没几年，她把原来的两间土坯屋翻盖成了六间大瓦房。

如果只满足于物质生活的富足，那就不是刘改茹了。尽管她起早贪黑那么辛苦，还是挤出时间学文化，因为她知道，要想实现那个美好的梦想，没有文化绝对不行。她从 a、o、e 开始学习，丈夫和儿子成了她的老师，儿子的课本就是她的教材。只要一看见有字的东西，哪怕只是一张纸片，她也要捡起来读一读。晚上，张庆云家总是静悄悄的，他们学习的学习，画画的画画……为实现那个美好的梦想，刘改茹默默地积累着知识，夯实着基础，等待着时机。

日子就这样一天天过下来，忙碌而辛苦，平淡而充实。刘改茹包揽了全部家务，全力支持丈夫工作。张庆云在事业上崭露头角，由临时工成为运管站正式工人，后提拔为运管站站长，他的多幅山水画在报刊刊发，有的在省市画展中获奖；在丈夫的指导下，刘改茹的文化知识、绘画水平都有了很大进步，并学会了打电脑上网；孩子们也争气，大儿子国防大学研究生毕业后，被派往中国驻塞尔维亚大使馆工作，二儿子也考上了大学。还有什么不知足的呢？在常人眼里，刘改茹该含饴弄孙，享享清福了。

然而，2002 年的一天，已经当上奶奶的刘改茹忽然提出了一个大胆的想法，她要自费去北京画院学习！深深爱她、懂她的丈夫只字未说，因为只有他知道，这是埋藏在妻子心中三十多年的梦想，妻子为这个家付出得太多了，他要用实际行动为爱妻圆梦！他默默地为妻子凑足一万元学费，默默地为她打点行李，嘱咐她安心学习，不要惦记家里，自己会照顾好自己的。临行前，刘改茹把丈夫的衣服洗净叠好，整整齐齐放在床头，把家里柴米油盐等日用品的位置嘱咐了一遍又一遍。

2002 年 9 月 1 日，时年五十一岁的农村老太太刘改茹来到北京画院，在著名画家石齐工作室开始了为期一年的国画学习！

一年后，刘改茹学成归来，她和张庆云琴瑟和鸣，互相探讨，携手并进：张庆云主攻山水画，他的画作大气厚重，气势雄浑，内涵丰富；刘改茹主攻花鸟画，她的画作栩栩如生，趣味盎然，气韵生动。但美中不足的是，刘改茹的书法还是稍显幼稚、拙朴，所以，刘改茹的画经常是张庆云提款。

现在，六十三岁的刘改茹又为自己定下了新的人生目标——练好书法。“书画同源，总让别人提款，算什么画家？”刘改茹总是这样苛求自己，从不满足。

追梦中，她化茧成蝶，实现梦想，成了一位农民画家！

第六辑　思绪万千

红色的杨树叶

或许是司空见惯，对杨树早已熟视无睹；或许是这么多年一直仰视杨树，从没变换过角度观察杨树，所以，孤陋寡闻的我一直不知道杨树还有红色的树叶。

我所知道的杨树叶子是：春天，新绿色，色泽鲜艳，有着丝绸般的光泽；夏天，碧绿，肥硕，充满生机；秋天，墨绿，干瘪，暗淡；初冬，杨树叶子走到了生命的尽头，寒风中，一片片半黄半绿或枯黄的杨树叶像翩翩飞舞的蝴蝶，从树上飘落。

在长达四十年的记忆中，杨树叶子每年就这样周而复始地循环着，走完一圈圈生命的年轮。

真得感谢那次春游，让我得以居高临下地俯瞰杨树，让我看到了红色的杨树叶。

今年春天，我和几位文友骑自行车去野外春游，一上滹沱河大桥，就见远处干涸的河床上，大片的速生杨蓬蓬勃勃，郁郁葱葱。

不一会儿，我们来到杨树林的高处，一棵棵杨树就在脚下。大小不

一、浓淡各异的绿叶闪着绸缎般的光泽，它们像活泼的精灵，在阳光下欢笑、舞动。

忽然，我发现在阳光最充裕的树尖，在众多绿衣“姊妹”的怀抱中，一个个新生的“婴幼儿”忽隐忽现，它们有的还是纤细的嫩芽，像在襁褓中；有的那绛红色的、娇弱的身躯半卷半开，像是刚睁开睡眼；有的身躯虽然已经舒展开，暗红色的“躯体”沐浴着阳光，但仍然那么娇小柔弱，让人心生爱怜。

微风轻拂，树枝晃动，红色的杨树叶若隐若现，似有似无，一时间，我觉得恍恍惚惚，甚至怀疑自己的眼睛出问题了。放眼远望，几只黑羽毛、白肚皮、长尾巴的花喜鹊在绿油油的麦田时飞时落；农民在浇地，一道道白亮的水像银色的飘带在麦田间蜿蜒。所有的景物都是那么清晰。返回来再看杨树树尖，红色的嫩叶依然如故。呵呵，看来改变多年形成的思维定式还真不容易。

常言说，耳听为虚，眼见为实。其实，“眼见”有很大的局限性，在不同的角度，不同的时间，不同的地点，不同的场合，眼睛会有不同的发现，会看到别样的风景，会给你意外的惊喜。这别样的风景和意外的惊喜丰富了我们五彩缤纷的生活。

韩国之旅

两重天

2011 年 11 月 3 日，北京机场的天空阴云密布。

16 时 30 分，我和旅友登上了韩亚航空公司的波音 747 飞机，开始了为时五天的韩国之旅。机舱门口，过道两旁，不时有漂亮的韩国空姐微笑着迎接旅客，“阿尼哈赛噢”（你好），她们向旅客点头致意，声音温柔，软语呢哝。

17 时，飞机起飞。首都的高楼大厦、汽车公路渐渐变小，一会儿，什么都看不见了，飞机飞入了云层。

很快，飞机穿过云层，飞到了云层上方，窗外出现了奇妙的两重天景象。

脚下，一团团乌云绵延起伏，一望无际。青黛色、深灰色、浅灰色、银白色，云团飘忽不定，变幻莫测，忽而像深邃的大海，翻滚着层层波浪；忽而像连绵的群山，覆盖着皑皑白雪，给人一种虚无缥缈、如入仙境的感觉。一位旅友幽默地说，咱也当一回玉皇大帝吧！

蔚蓝的天空像晶莹剔透的宝石。天边，云天交接处，出现了一道亮丽的晚霞，赤红、橘黄、深紫，一条条，一块块，数不清的色彩交织重叠，互相渲染。这晚霞，像艺术水平高超的抽象画，瑰丽无比，令人遐想；像仙女的裙裾，飞舞飘逸，自然灵动；像恋爱中美丽的女子，放出奇光异彩。蓝色的天空被笼上了一层淡紫色的薄纱，如梦如幻。

慢慢地，天空变成了深蓝色，脚下的云团一片黧黑，像苍茫的原野。天边的晚霞渐渐老去，颜色越来越浅，越来越淡，最后，只剩下一抹淡紫，一缕淡黄，慢慢地，瑰丽的晚霞被黧黑的云彩吞没了。

夜，来临了。

窗外一片渺茫，像苍茫的原野。

不知什么时候，深蓝色的天空升起了一弯金黄的月亮，像爱人的眼睛，温情脉脉，注视着飞机里远行的游子。

导游丽莎

苗条的身材，修长的双腿，卷曲的短发显得十分干练，虽然已满脸皱纹，但仍能从清眉秀目中看出年轻时的风韵，接待我们的韩国导游丽莎，祖籍山东威海，1957 年出生在韩国，山东老家有同父异母的姐姐。

丽莎是一位热情开朗、幽默健谈、阅历丰富的女子，普通话说得不错。在异国他乡，语言不通，能遇上一位说一口流利普通话的导游真是我们的福分。

丽莎知识丰富，从韩国的历史文化谈到民俗风情，从免税店谈到大赌场，从城山的日出峰谈到临津江的三八线，从世界各地的游客谈到自己坎坷的经历，插科打诨，嬉笑怒骂，谈笑自如。

一路上，丽莎不时开一些不伤大雅的玩笑，使我们的旅途轻松而愉快。“城山日出峰是十万年前火山爆发而形成的，位于济州岛的东端，有99个峰在火山口周围。有一次带香港客人，我说99这个数字不吉利，一位香港客人说，‘那好办啦，丽莎，你爬上去，躺下来，不就是111个峰了嘛’。我回敬，‘你爬上去，躺下来，正好100个峰’。”车子里不时发出欢快的笑声。

丽莎的声音婉转，每句话的尾音都像音乐中的滑音，时而上扬，显得悠扬动听；时而下滑，显得语重心长。在丽莎的讲解中，除了韩国的历史文化、民俗风情、景点特色外，还常常羼杂自己对人生的理解。“人这一生啊，失去一点钱财不算什么，如果失去了信用和名誉，就失去了人生的一大半。”

每到一个宾馆，安排好旅客们的住宿后，丽莎总把自己的房间号告诉大家，以便大家有困难时找她。旅客们有的换韩币，有的找充电插头，有的借针头线脑。有一天晚上，夜已很深，一位旅友想给家人打电话，可是怎么都拨不通，只好敲响了丽莎的门。

韩国五日游结束的那天下午，丽莎把我们送到机场，我们每个人都和她依依不舍地握手告别，希望能再见到她。

节能环保的韩国

在韩国，每到一座城市，都觉得空气清新，环境优美。留心观察，发现韩国公民的节能环保意识非常强，渗透到生活中的点点滴滴。

每到吃饭的时候，导游丽莎总是嘱咐大家，肉、菜不够吃可以添加，但不可以浪费。在韩国，几乎看不到一次性用品：餐馆里，没有一次性筷子，吃饭时，餐桌上都摆放着一个盒子，里面放着不锈钢筷子、刀子、叉子；没有一次性纸杯，喝水用玻璃杯；餐桌上甚至没有牙签。不用说别的了，单是这三种日常用品，韩国一年不知道要节省多少木材呢！

餐馆门口的桌子上有一个盘子，里面整齐地摆放着碧绿的、晶莹剔透的小棍儿，拿起来仔细一看，才知道是牙签。丽莎介绍说，韩国的牙签是用玉米淀粉、糯米粉加食用胶制作而成，丢弃在地上后，很容易分解在泥土里，不光不污染，还能起到改良土壤的作用。

提到分解和污染，我想到了一直困扰我国城乡环境的“白色垃圾”——塑料袋。众所周知，塑料袋在泥土里千年也分解不了，不光影响农作物吸收养分和水分，还导致农作物减产；增塑剂和添加剂的渗出会导致地下水污染；混入城市垃圾一同焚烧会产生有害气体污染空气，损害人体健康；填埋处理将会长期占用土地……为什么在韩国的街道、河流，几乎看不见废弃的塑料袋？丽莎介绍说，在韩国购物，商场一般不给塑料袋。如果顾客实在需要，得掏钱买；不用了再送回商场，商场仍会退钱给顾客。我在免税店买了些化妆品，服务员果然没有给包装袋。

即使是一个普普通通的塑料袋，韩国人也不肯随意丢弃，而是重复利用。他们的节能环保意识可见一斑。

海上宫殿——济州岛

丽莎导游经验丰富，她能把握住大多数游客的心理，每到一个景点前，她总是先抑后扬：“以前带过一个团，游客游览了天地岩瀑布后，说，那也叫瀑布啊，简直是小孩儿尿尿，还没我看的黄果树瀑布大；游览过承山日出峰后说，那也叫山啊，还没有我们老家的山高。如果你来韩国想看大山、大瀑布，那你肯定会失望。”是的，韩国的景点大都比较秀气，没有险峻的高山，没有壮观的瀑布，但是有韩国独有的特色。

就拿济州岛来说吧。

济州岛是韩国最大的岛屿，是一座典型的火山岛，由一百二十万年前的火山喷发而形成，岛中央是火山爆发时形成的海拔 1951 米的韩国最高峰——汉拿山。海洋性气候的济州岛素有“韩国夏威夷”之称。济州岛上保留着独特的文化，人称济州岛上有“三多三无”：石头多、风多、女人多；无乞丐、无小偷、无大门，贴切地反映了济州独特的自然文化景观和济州人民朴实的民情。

济州岛原来是荒芜的无人区，后来作为犯人的流放地，犯人的后代在这里养牛、放羊。“岛上过去都是草房子，用栅栏围着，没有正儿八经的门。大门口横放着棍子，向来访的人传达着信息：放两根棍子表明家里没人，主人一会儿就回来；放三根棍子，表明主人出远门了；你们猜一猜，放四根棍子是什么意思呢？”丽莎自问自答道，“放四根棍子，这家的门是不能随便进去的，表示这家主人是单身女人。”

听着丽莎的解说，放眼望着窗外的景色：济州岛上柑橘林很多，正是橘子成熟的季节，黄澄澄的，小灯笼似的挂满山坡。橘林里，不时闪现出一间间颜色鲜艳的尖顶小屋，鲜红的瓦，洁白的墙和橘林相映成趣，相得益彰。

走在济州岛上，随处可见用蜂窝似的火山岩雕刻的石像：大而突起的眼睛，厚厚的嘴唇，压低的帽子，微斜的头，它就是济州岛的守护神——多尔哈鲁邦。据说，济州岛的守护神可以带来好运，摸摸鼻子可以生儿子，摸摸耳朵可以生女儿，摸肚子可以升官发财，所以，韩国的情侣结婚时都要到济州岛上来度蜜月，摸守护神的鼻子、肚子，祈求生儿育女、升官发财。

城山日出峰系十万年前海底火山爆发而形成，位于济州岛东端，是一座三面环海的山，山上植被茂密，郁郁葱葱。山坡上，有一大片绿油油的草地。沿着开发平整的台阶往上走，奇草、异树、怪石遍布山上。

城山日出峰的岩石很独特，垂直竖立，形态不一：“灯擎岩”拔地而起的岩石上，错落地分布着一个个石窝，极像传说中的金通精将军踩下的脚印；“虎头岩”像一只老虎伸长着脖子，张着血盆大口仰天长啸……城山日出峰的岩石之所以这样，是因为火山爆发时，火山体周围有很多还未凝固的火山灰形成陡峭的斜面，下雨时，雨水顺着斜面在火山灰层表面流淌，侵蚀着火山灰层，逐渐向下深入，相对来说，受到侵蚀较少的地层则形成垂直竖立的岩石形状。

山势并不陡峭，一路观赏着奇石异树，不觉爬上了山顶。只见顶部有碗状的巨大火山口，火山口直径600米，深90米，99块尖石围绕在火山口周围，如同一顶巨大的皇冠。据说，大约五千年前，火山岩浆上升过程中与含在熔岩层里的地下水反应而产生了大规模水性喷发，所以，日出峰的火山口不是塞满火山渣或熔岩的形态，而是形成了碗状的火山口。

站在山顶远眺，东、南、北面是悬崖，下面是蔚蓝的大海，水天一色，风景优美；西北面是草坪山脊，与城山村相连；山坡上，深绿色、浅绿色、黄色、红色交相辉映，层林尽染，美不胜收。

看不见的三八线

去韩国旅游，最想去的地方是“三八线”。去那里不是为游山玩水，而是想身临其境，感受一下一条地理意义上的纬线所承载的政治重担。

“雄赳赳，气昂昂，跨过鸭绿江……”儿时看过的不少电影，是反映我国志愿军和朝鲜人民一起，把美帝国主义赶到“三八线”以南去的故事，“三八线”是60后的我内心的一个情结。

汽车沿临津江向乌头山统一展望台行驶。隔不远，就看见一座沿江而建的军哨所，通过哨所的瞭望口，可见里面全副武装的士兵，端着枪在哨所内走来走去。临津江清澈的江水，翻滚着混浊的政治波浪！

乌头山统一展望台位于军事分界线南端7千米处，建于1972年，顾名思义，是韩国人民盼望半岛统一而建。展望台建在海拔118米的高地上，是韩国三国时代高句丽和百济为争夺主权而展开激烈战斗的关弥城（乌龙山城）遗址，是历史上的军事要地。展望台共五层，地面四层，地下一层。

我们首先来到第二层，这是有一个不大的放映室，循环播放有关"三八线"内容的片子，片子的解说词带有浓厚的政治色彩。展示馆里，陈列着金大中、林东源等人的题词：安保、平和、交流；第三层的瞭望台上，安有几十个高性能望远镜。投进硬币，仔细观察临津江对岸，山上确实是光秃秃的，据说是朝鲜方面怕潜逃的人隐藏其中，把山上的树砍光了；山脚下，有几座两层的砖瓦房，看不见人影；沿江对岸，矗立着朝鲜建的军事瞭望所。展望台下，就是不算宽阔的临津江，据说，临津江的最窄处不足500米！"三八线"就在临津江中。

"三八线"，一条肉眼看不见的线，它像一道鸿沟，把情同手足的兄弟无情地分割在南北两边！

伸手不见五指

美容院电气石汗蒸房的温度已升到40摄氏度，正是我喜欢的温度。我独自一人坐在烫乎乎的木凳上，背靠烫乎乎的墙体，边看书边慢慢品着绿茶，享受着这难得的宁静，浑身的汗毛孔都打开了，汗水像条条小溪流淌，身心感到非常轻松、惬意。

忽然，严丝合缝的蒸房里陷入一片黑暗！停电了！

有多久没有体验过黑暗了？

记得小时候，农村还没电灯，夜晚，家家户户都点一盏小煤油灯，没有月光时，外面黑咕隆咚。如果回家稍微晚一些，一个人走在又深又黑的胡同里，总觉得身后有什么跟着，听着自己的脚步声都觉得害怕；晚上不敢独自上厕所，必须由姐姐们陪着。那时写作文经常用"伸手不见五指"来形容黑暗。其实，那时尽管黑暗，还有自家或邻居家微弱的灯光，或者稀疏的星星，即使是阴雨天，也有天边划过的闪电。漆黑的夜晚，就算真的"伸手不见五指"，扭头也能看见稍稍透亮的窗户纸。

如今，五彩缤纷的灯光把一座座城市装点成不夜城。"伸手不见五指”成为历史。

现在，我所在的严密的电气石汗蒸房里，厚重的黑暗从四面八方向我袭来，什么都看不见：看不见天花板，看不见墙壁，看不见五指。我想，眼睛适应一会儿黑漆漆的环境也许会好些，于是，我闭目养神，再睁开眼睛，如此反复几次，黑暗依然，把我重重包裹，目之所及没有任何光源。我在眼前晃动手指，挥舞双臂，手指、臂膊陷入黑暗中，没有在视网膜上留下任何影子……一切都是徒劳，只有无边的，深不可测的黑暗，眼睛像瞎了一样。

我开始感到孤独无助，心里发慌、发堵，继而恐惧，越恐惧越胡思乱想：我的眼睛是不是真的瞎了，服务员会不会跑到街上玩去，汗蒸房会不会起火……我盼望有一线微光，或一点声音！我想，这时身边如果有一个人，哪怕是陌生人，哪怕是宿敌，我也不会觉得这么孤独，我会和她在黑暗中，用最温柔的声音、最亲切的语气说说知心话，心会因为黑暗而贴近，我们会成为最好的朋友。

可是现在什么都没有！周围静极了！我有些绝望了！心里堵得快喘不过气来了。

我想，在汶川地震中，有多少人被埋在暗无天日的废墟中，空气稀薄，没有水，没有食物，身负重伤……他们是怎样在痛苦中挨过来的？

“下面一片漆黑，我怕。我又冷又饿，只能靠看书缓解心中的害怕！”一位叫邓清清的女孩子被武警官兵救出时，还拿着手电筒看书。与邓清清一样，另一名被压在废墟里名叫罗瑶的女孩子在手脚受伤的情况下，一遍遍地哼着乐曲，靠着顽强的“钢琴梦想”激励自己不要入睡，结果她赢过了死神。

当人陷入困境时，饮水、食物固然重要，但精神力量更是不可低估。

“你要坚持住、要挺住，党和国家不会忘记你，一定会把你救出来的。”“我是温家宝爷爷，孩子们一定要挺住，一定会得救！”这是人民总理的声音！这强有力的精神力量，使一个个废墟中的生命不断创造着奇迹，72 小时、100 小时、180 小时、216 小时、266 小时！

再坚持一会儿，我暗暗叮嘱自己。随着温度的降低，紧贴在身上的湿透了的睡衣渐渐变凉了，寒冷乘虚而入。“有人吗？快来人啊！”我终于按捺不住，喊了起来，声音被黑暗吞没，没有任何回响。我记起，手机可能带进了蒸房，双手不由自主地摸索起来，果然摸到了手机，轻轻一按键，手机屏顿时发出一片亮光！尽管那么微弱，那么短暂，但这点光明对于黑暗中的人是那么宝贵，如同送给垂危病人的一剂灵丹妙药，好像伸给落水者的一棵救命稻草，宛如递给饥馑者的食物，冻馁者的棉衣，干渴者的清泉……

我长出了一口气，心头顿时像移开了一大块石头，无比轻松舒畅。看看时间，我在黑暗中待了不足五分钟，但觉得有一个世纪那么长！

感谢这次特殊环境下的停电，在“伸手不见五指”的黑暗中，我的心灵受到了一次洗礼。

原来，那些平时司空见惯，看起来微不足道的东西，对于我们来说是多么宝贵。蓝天、阳光、空气；亲情、爱情、友情；吃饭、睡觉、工作；和平、稳定、健康……朋友们，让我们怀着一颗感恩的心，珍惜拥有的一切吧，不要等失去后才觉得珍贵！那些老弱病残之人，内心深处该是多么孤独无助，在现实生活中，该有多少不便，“老吾老以及人之老，幼吾幼以及人之幼”，让我们伸出温暖的双手，为他们送去一缕温暖的阳光！还有那些不幸遭遇了地震、海啸等自然灾害的灾区人民，他们失去亲人，失去家园，身心受创。让我们献出一颗爱心，赠人玫瑰，手留余香。

由“送客松”想到的

黄山美景，闻名遐迩。“五岳归来不看山，黄山归来不看岳”，历代名人的赞誉，电视剧《红楼梦》及电影《卧虎藏龙》等的外景拍摄更增加了我对黄山的向往。近日，有幸和老公一同去千里之遥的黄山旅游，喜悦心情自不必说，只可惜那天山上雾气太重，能见度极低，无缘欣赏到缥缈的云海，奇异的怪石，因此越发对黄山松情有独钟。

据导游介绍，黄山松生长在海拔 800 米以上的高山上，在贫瘠的岩石缝中，黄山松以顽强的生命力存活、生长。恶劣的环境，造就了黄山松奇特的外形。

自白鹅岭索道站下坡，信步往始信峰走去。一路上，不断出现棵棵奇松：“黑虎松”高大苍劲，气势雄伟，虎气凛凛，霸气十足；“连理松”拔地而起，树干一分为二，并蒂齐肩，相依相偎；“竖琴松”主干挺直，顶状如伞，侧干伸出成“n”状，酷似竖琴。还有些没有名字的松树，每一株松树在姿容、神韵上各不相同，都有一种奇特的美。

一路徜徉，一路欣赏，一路拍照，不觉来到玉屏峰，只见一棵松树下的牌子上赫然写着“送客松”，心里不觉咯噔一下：送客松不是在2005年夏天死了吗？怎么又冒出一棵？但见眼前的这棵松树树干挺拔，树冠呈旗形，倒也独具特色，只是……

“发什么呆啊，快，给你拍照。”老公招呼我。“不想拍了。”“为什么？”老公见我忽然兴趣索然，不解地问。是啊，为什么呢？一路上，我对一些名不见经传的松树都兴趣十足：仰视树冠，端详树枝，拥抱树干，还要俯下身，看看峭壁、石缝中的树根，甚至调动有限的才智，为喜欢的松树默默起上一个名字，那些生长在峰顶岩石悬崖峭壁上的黄山松，有立有卧，有仰有俯，以其坚韧傲然的姿态震撼着我，为什么对位居“十大名松”的“送客松”反倒如此冷淡？以前，虽从未到过黄山，但送客松那姣好的形象早已在我的脑海里根深蒂固，它像一位窈窕淑女，侧头、弯腰、曲臂，作揖恭送客人。虽说死了，但它早已扎根在人们的心中，就像初恋的情人，那种刻骨铭心的感觉是任何人无法替代的。“曾经沧海难为水，除却巫山不是云。”眼前的这棵松树姿态也很美，但它不应该取代“送客松”！它是它自己，应该有一个属于自己的名字。

也许有人认为这棵松树是幸运的，因为人们把它从一棵“平民松树”提拔为“十大名松”之一,一下子提高了它的知名度，可是，这个虚名对一棵松树来说有什么意义呢？它原来连名字也没有，不也活得很好吗？是“聪明”的人类，以为自己喜欢追名逐利，喜欢跻身名人行列，就想当然地认为树木也有功利之心，一棵“名”树死了，就要划出条条框框，“提拔”另一棵树查漏补缺，真正意图，应该是怕没有送客松，影响所谓的经济效益吧。

由于荣升为“送客松”了，游客难免要拿它和原来的送客松做比较：比较异同，比较优劣，比较美丑。从古至今，人们对“比较”乐此不疲，早在春秋时，人们就从越国丑女与美女西施身上比较出了共同点——“颦”，为了方便比较，后人更进一步为丑女取名“东施”，人们都在嘲笑

“东施效颦”，因为西施已先“病心而颦其里”，你东施再“捧心而颦其里”，就有“见之而美之”的嫌疑，肯定要遭人嘲笑。其实，东施是有心“效”颦还是“病心而颦”，只有东施自己知道，别人非把她和西施扯到一块儿，她有什么办法？岂不知西施有西施的美貌，东施有东施的韵味，干吗非要扯到一起比个高低？世间万物都是平等的，也是独一无二的，无论是人类还是动物、植物、微生物，乃至高山、大海、岩石……都有生命，都会生老病死，“生如夏华之灿烂，死如秋叶之静美”，生不足喜，死不足悲，爱它们，难道就要在它们死后找一个替身吗？如果树木有知，它愿意做“另一个”的替身吗？人类，请尊重宇宙间所有生物的原始状态吧！

由此看来，这棵松树是无辜的，它被人类操纵着，无法左右自己的命运。想到这里，我不禁回头再次审视这棵松树，树冠像一面旗帜迎风招展……

风筝随想曲

蓝天，白云。花红，柳绿。辽阔的原野。

乌黑的燕子，洁白的鸽子，时而盘旋，时而疾飞。

形态各异，色彩斑斓的风筝互不相让，在蓝天中争奇斗艳，尽展丰姿。

“哇，快看那只老鹰，多漂亮，飞得多高！”一个青年男子的声音。“妈妈，我也要买一只那样的蝴蝶风筝，飞得又高又稳。”一个小女孩甜甜的声音。

漂亮，飞得高的风筝吸引着众人的目光。

地面儿，放飞风筝的人儿，手里拽着线儿，神情专注地盯着蓝天上属于自己的那个风筝，凭着感觉，时而放线儿，时而收线儿。

一阵劲风刮过，地面上卷起了尘土，观赏风筝的人们赶紧背过身，遮住眼。风过了，再看天上的风筝，原来的格局已经打破：哎，那个原来低矮的风筝，正在扶摇直上，脱颖而出；那几个原本高飞的风筝，有的在下降。哦，原来是放风筝的人在收线儿。可是，有的却向更高处飞去，飞去……有一个断线了，如腾云驾雾，飘飘悠悠，不知将飘向何方；还有的，一落千丈，栽了下来，粉身碎骨！

那些曾经带给主人欢乐、饱受狂风伤害的风筝，有的被主人随意抛弃，自哀自叹，了此残生；有的被主人倾心修补，恢复元气，重振雄风。那只飘向远处的风筝，它的命运又会怎么样呢？

渐渐地，广袤的蓝天模糊了，变成一个无边无际的大舞台；蓝天中的风筝，顷刻间，幻化成了形形色色的人。他们或气质不凡，风度翩翩，就像漂亮的蝴蝶风筝；或相貌平平，貌不惊人，就像土气的蝌蚪风筝；或事业有成，地位显赫，就像飞得很高的风筝；或踏踏实实，默默无闻，就像飞得低矮的风筝；或不鸣则已，一鸣惊人，就像突然高飞的风筝；或经受失败挫折的打击，就像受伤的风筝；或喜新厌旧，抛弃糟糠之妻，或利用手中职权，贪赃枉法，就像断线的风筝……

决定风筝命运的因素很多，但不可忽视放风筝的人的作用：你的风筝很美，而且有能力飞得很高，你视若珍宝。可是那么多欣赏的目光，是否令你惶惶不可终日？你是收紧风筝线，羁绊它呢，还是充满信任，无比自豪地任其翱翔天空？

你，是不是总埋怨自己的风筝飞得不高，总是做一些不切实际的攀比？别太虚荣啊，要正确估量自己的风筝线有多长，骨有多韧，能飞多高。你羡慕那些仅凭一阵风就荣获成就的高飞者吗？他们的辉煌就像阳光下的肥皂泡。不是吗？

放风筝时，要选好放飞的地点，千万不要只图一时之快，损害群众的利益。你得注意脚下，别踩坏了庄稼和花草，还要注意高空，别让风筝碰到高压线，或挂到树枝上。玩火是要自焚的！中国首批三十二名“二级大法官”之一，知名的“儒雅法官”吴振汉，执法二十年以来，在仕途上蹚过了许多险滩恶水，最后却在爱情与亲情的私欲“围剿”中迷航翻船。他的妻子李芝在高墙铁窗内每天痛哭流涕：“是我害了自己，也害了这个家。我的丈夫原本是一个品行正直的好干部，是我的‘枕边风’害了他啊！”

飞在高空的风筝，你是否觉得高高在上，得意忘形？别忘了，你的平稳飞翔，倾注了放风筝人的心血和智慧。

握着风筝线轴的人，你的责任重大啊。要自信，自己是这个风筝的主宰者，凭着一线相牵的缘分，凭着搏击风浪的默契，你不光要娴熟地驾驭风筝，还要掌好舵，把好关，让五彩缤纷的风筝，装扮纯净圣洁的蓝天！

石头精灵在说话

小时候就知道曲阳产石狮子。记忆中，年幼的我经常蹬着石狮底座，拨弄石狮嘴里的石球，企图把石球拨出来。石球好像在跟我开玩笑，无论怎么拨，总是调皮地在狮子嘴里骨碌来骨碌去，就是不肯出来，于是，我的小脑袋瓜里满是疑惑，石球到底是怎么放进去的？它能进去怎么就出不来呢？

我的家乡，有一座北极台公园。北极台建于明朝，红墙碧瓦，檐牙高啄，蔚为壮观。北极台前左右两边，两只明代的石雕赑屃驮着高大的石碑，向一代代游人讲述着北极台的历史。公园内碧草青青，杨柳依依。清澈的湖面上，洁白的石桥逶迤蜿蜒，精致的石亭倒映水面。小路旁，草地上，石椅、十二生肖石雕点缀其间，为公园增添了不少情趣。这座公园里的石雕，不管是古代的赑屃还是现今的石桥、石亭、十二生肖雕像，都产自一个神奇的地方——曲阳。

接到要去曲阳采风的通知后，我先上网了解了一下曲阳，尤其是曲阳石雕。上网一查，颇为震惊：原来曲阳雕刻自汉代就开始了，在两千多年的历史里，曲阳雕刻艺术薪火相传，雕刻名人不断涌现，元代雕刻艺人杨琼雕刻的“一狮一鼎”被忽必烈称为绝技，清代雕刻艺人刘普治雕刻的“仙鹤”和“千枝梅”誉满全球，金水桥、人民英雄纪念碑等力作，都闪耀着曲阳雕刻艺术的光辉，难怪曲阳有“雕刻之乡”的美誉。

汽车驶入曲阳县境内，公路两旁的一座座石雕，飞禽走兽，鸟鱼花虫，亭台楼阁，仙女佛像，应有尽有，绵延几公里，仿佛驶入了一个童话般的世界！“这儿的石头都成精了！”我不禁脱口而出。

在曲阳县，随处可见精美的石雕：“雕刻始祖”黄石公雕像，双目有神，衣衫飘逸，仙风道骨。黄色的石像背靠苍翠的黄山，眺望远方；城雕“远翥”，雕刻出一位超凡脱俗的女子，仰望着蓝天白云，微风吹动瀑布般的秀发，形成优美的曲线，和少女曼妙的、美人鱼般的体形相得益彰，双臂自然弯曲，像鸟儿振翅欲飞；东方雕刻城牌坊高大雄伟，气势磅礴，雕刻精美；北岳庙内古雕刻精品声势不凡。

曲阳石雕刀工细腻，线条流畅，极富立体感，作品不光生动、逼真、传神，而且取材广泛，思想深邃，独具匠心：有的像一部史书，为你描绘出曾经的沧桑风雨；有的像一首交响曲，震撼你的心灵；有的像一位智者，给你人生的启迪，有的像一位严师，为你敲响警钟；有的像炎热的夏天吹过的一阵凉风，让你浮躁的心静下来，有的像寒冷的冬天燃烧的烈火，令你热血沸腾。每件作品都让你享受到美妙绝伦的雕塑艺术，每件作品都引发你不断深思。

徜徉其中，我被一件件精美的雕刻艺术品感染着，感动着，震撼着，眼前渐渐出现了幻觉，那些石雕仿佛真的变成了神话中的聪明、美丽的精灵，向我走来，向我讲述：

看，《醒狮》中的狮子，肌肉发达，四肢有力，它终于醒来。站在世界屋脊，它精神抖擞，威风凛凛，仰天长啸，飞奔而下。它发出雷霆般的怒吼：中国人民站起来了！再也不受帝国主义的欺凌！要建设美丽富强的中国！雄狮声震寰宇！它风驰电掣，跨越万里长城，直奔东海之岸，美丽的鬃毛随风飘舞。

《关爱人间》中的观音大士体态丰腴，面目慈祥，裙带飞舞，如在云端。她微启朱唇，似乎发出一声轻叹：唉，孩儿们，看你们把这个世界都糟蹋成什么样子了，大气污染，植被破坏，乱采滥伐也就罢了，怎么连你们的心灵都污染了！人心要向善啊！你们好自为之！阿弥陀佛。观音大士无奈地摇摇头，双手托起玉净瓶，向下面脚踏着的地球泼洒圣水。但愿芸芸众生能感悟到观音大士对人间的关爱。

《博弈》中，两位老者坐在蒲团上，聚精会神地下棋。一位刚走完一步，看来对自己这步棋很满意，正手捻胡须，颔首微笑；另一位老者俯首抱胸，掂量权衡，看来心理压力不小。棋盘上只有一枚棋子，很显然，这是一盘永远也分不出胜负的棋，然而，看样子，两位老者谁都不想服输。“老伙计，这步棋该怎么走，可要想好啊。不然一着不慎满盘皆输啊！”“是啊，输一盘棋问题不大，但做人这盘棋该怎么走，人生的十字路口，该如何抉择，是每个人应该思考的问题。”

尚未听完智者的教诲，忽闻流水般的音乐，在《孔雀仙子》美妙的琵琶声中，高贵的《月亮女神》翩翩起舞，《自在观音》舒适地坐在莲花上，欣赏着中外仙女同台演出的盛况；《中华魂》讲述着博大精深、源远流长的中华文明；刘、关、张正回忆《桃园三结义》的往事……

曲阳的“石头精灵”数不胜数，在天安门，在井冈山，在澳门，在世博会，在祖国各地；在日本，在新加坡，在世界各地。它们以特有的方式向人们阐述美的真谛，以顽强的艺术生命力穿越时空，让后人触摸到历史的永恒。

婚礼随想曲

红彤彤的喜字贴起来，鲜艳的彩带挂起来，五颜六色的气球飘起来，四面八方的亲友欢聚起来，喜庆的锣鼓敲起来……迎亲车队、婚礼酒店；灯光、舞台；主持、摄像；鲜花、戒指；美酒、佳肴……多少个日日夜夜，父母们张罗着，安排着，订制着，采购着；他们费尽心思，竭尽所能，极尽排场，恨不得把世间一切美好的东西，一切美好的祝福，在这一刻统统送给自己的孩子——新郎新娘，可怜天下父母心，一场隆重的婚礼，凝聚着天下父母多少心血和汗水啊！

当庄严神圣的婚礼进行曲响起；当英俊的新郎手捧鲜花，缓缓走向红地毯的另一端；当父亲牵着女儿的手，把漂亮的新娘交到新郎手中，有多少父母流下了热泪，激动，喜悦，不舍……千言万语表达不了这神圣的交接，这一刻，他们也许想到了十月怀胎时的艰辛；也许想到了孩子嗷嗷待哺时的艰难，也许想到了孩子十年寒窗的辛苦，也许想到了孩子孑然一身在外打拼的不易，如今儿女终于长大成人，在茫茫人海中，他（或她）终于找到了自己的另一半，终于了却了父母的一桩心愿，以后，他们将并肩经历风风雨雨，这，仅仅是手与手的交接吗？这是情的交接，心的交接，责任与担当的交接！年轻的新郎新娘，那一刻，你们能理解父母百感交集的泪水吗？

“无论是健康或疾病，贫穷或富有，无论是年轻漂亮还是容颜老去，始终与他相亲相爱，相依相伴，相濡以沫，一生一世，不离不弃，你愿意吗？”“我愿意！”当回答这个问题时，还没见过一次说“不愿意”的，甚至连迟疑的都没有。孩子们，此时此刻，你想好了吗？你知道“疾病、贫穷、容颜老去”的真正内涵吗？你理解“一生一世”有多长吗？你明白“相濡以沫”是怎样的付出吗？这不单单是婚礼的一个环节，而是“山无棱，天地合，才敢与君绝”的誓言，是“在天愿做比翼鸟，在地愿为连理枝”的挚爱，它本应一诺千金，掷地有声。

当新郎新娘给双方父母敬茶时，当小两口用甜美的声音亲切地喊声“爸妈”时，爸妈的心都融化了，柔软到了极点，他们递上了改口费，只是，这递上的仅仅是一点钱吗？那是长辈们满满的祝福，深深的爱意；那是“一个女婿半个儿”“我家又多了个闺女”的暖暖亲情。婚礼，在热烈的气氛中，在隆重的仪式中，在亲朋的见证中，把原本没有血缘的两个小家庭融为一个大家庭，“亲家”一词由来已久，足以见证因爱而结缘的两个家庭的亲密关系，因此，当“养儿方知父母恩”后，才明白，彼此对自己父母，对对方父母的孝敬理应顺理成章。

婚礼，把浪漫而美好的恋爱推向了高潮，也画上了句号。婚礼更像是成人礼，因为婚礼后，新郎新娘就是大人了，就要过自己的小日子了。日常生活不光是诗和远方，还是柴米油盐，鸡毛蒜皮；是磕磕绊绊，吵吵闹闹；是风风雨雨，喜怒哀乐；是坎坎坷坷，生老病死……

愿天下有情人，彼此聆听心灵的呼唤，铭记婚礼的初衷，携手并肩，无论步伐快与慢，无论行走近与远，执子之手，与子偕老，铭记那句最深情的告白——“我愿意”！

缘

世间万物都讲究一个“缘”字。有首歌唱得好：“有缘千里来相会，无缘对面手难牵。十年修得同船渡，百年修得共枕眠。”只是我不知道，多少年修来你我的师生之缘？多少年修来你我倾心交谈的缘分？多少年修来你我之间的文友缘分？……

记得那年夏天，因我的散文《风筝随想曲》荣获了“中国西柏坡散文节三等奖”，有幸到正定县宾馆参加颁奖会。会上结识了不少老师和文友，他们中大部分都已出了书，有的还不止一本，而我一共写了还不到一年，散文只有十来篇，心中的压力与自卑可想而知，但我仍然鼓足勇气，把打印的十几份稿子分发出去，让各位老师、文友批评指正，心里对有没有回音，并没抱多大希望。

大约过了一个月，一天上午，手机忽然响了，是一个北京的固定电话号码，我心中迟疑，北京没有朋友啊。一接听，电话里传出爽朗的声音：“我是石英。你的散文我看过了……”我简直不相信自己的耳朵，原来是中国散文学会副会长石英老师，他不光在百忙中抽出时间认真看了我的稿子，还打来电话，详细地点评。他说：“尽管你起步晚，但基础不错，起点也高，第一次参赛就获了个全国性等级奖，而且语言清新，不矫揉造作，一定要坚持写下去啊……”几年来，我牢记石老师的谆谆教诲，坚持写作。这些年，石老师给予了我多少指导？多少鼓励？多少鞭策？只有空中无形的电波能记得清。我不知道什么时候修来的福分，能遇上如此贤德的老师。

粗略计算了一下，平日胡乱涂鸦的文字中，涉及三十余人。那些被我采访、叨扰的机关干部、企业名流、革命母亲、农民朋友们，不管自己多么忙碌，无一不是挤出时间，推心置腹，不厌其烦地回答我的刨根问底，为我讲述自己的专业知识，人生经历。他们每个人身上都具有不同的优良品质，或诚实守信，坚忍不拔；或机智勇敢，不畏生死；或工作敬业，舍小家为大家……每个人都是一面旗帜，一座丰碑，都传递着正能量，令我敬仰。是他们，成就了《石磨在诉说》。试想，如果没有王占斌和他的生态农业园，哪有散文《石磨在诉说》？如果没有赵八乡党委、政府的大力支持，哪有散文《永济桥》？如果没有农业局的朋友们“泄露天机”，哪有《春田护苗战》的发表？码文字的人都知道，谁也不敢保证自己写的文章能发表，尤其是一个名不见经传的业余作者！当她意识到身上肩负的社会责任，不想只写一些小花、小草、小女人式的文章，想迈向社会，为社会注入自己微薄的正能量时，她心理的压力有多大。如果采访的第一个人让她碰了钉子，她还能不能坚持下去！如此看来，我是多么的幸运，在多年的采访中，每次都是那么顺利，有时不禁想，郭灵胜，你何德何能，得到这么多人无私的支持？只能说，我和大家有这种倾心交谈的缘分。

曾无数次问过自己，如果不调入老干部局，如果不是遇上才华横溢的范建国局长，我会不会拿起笔来搞文学创作？回答当然是否定的，因为教学时，即使搞创作，也是写教研方面的论文。我与文学创作结下不解之缘的“媒人”是范局长。曾记得第一篇“创作”是在2005年春天，全党正开展保持共产党员先进性教育活动，范建国局长要求我为老干部艺术团写一篇三句半，供艺术团的老同志们表演宣传。那时，我哪儿知道什么是三句半啊，可是要强的我硬着头皮接下了任务，在学习了大量文件，阅读了几篇三句半，憋了十来天后，才写出了短小的三句半《保持共产党员先进性好》。范局长看后笑着说，写得真不错。老干部艺术团的同志们巡回演出后，社会反响也不错，这对我真是个莫大的鼓舞。范局长的文笔相当好，他的小说创作水平较高，在他的敦促、鼓励下，我的写作水平日益提高。因此，和范局长之间除了领导与下属的关系外，还得算是师友的关系，我从他身上学到了好多东西。如今，范建国局长已经作古，他生前最大的愿望是我的散文集能够出版，范局长，您的愿望实现了，您安息吧！

阅读《石磨在诉说》的朋友，我们或许未曾谋面，不曾相识，但《石磨在诉说》给了我们心与心的交谈的缘分，您或许是风华正茂的少年，或许是跃跃欲试的创业者，或许是成熟稳重的中年人，或许是历尽沧桑的老者……一想到您在明亮的灯光下，在幽静的书房里，或品一杯香茗，或听一曲古筝，读着《石磨在诉说》，我的内心感动不已。书中写的哪个是你的朋友？哪位是你的乡邻？哪篇触动了你柔软的内心？哪篇勾起了你美好的回忆？哪篇让你泪流满面？哪篇让你忍俊不禁？哪篇激励了你的人生？哪篇鼓舞了你的斗志？欢迎你细细品味，多提宝贵意见。

世间的缘千千万，人间的情万万千。让我们常怀一颗感恩的心，珍爱生命中的每一个有缘人！

提高现代文阅读和写作成绩的金钥匙

郭灵胜作品
阅读试题详析详解

胜 儿

（1）“胜儿，回来啦？”“胜儿，看家来啦？”

（2）一踏上熟悉的乡间小路，就开始推着自行车，这儿停停打几声招呼，那儿站站唠几句家常。浓浓的乡音，加上轻轻的、柔柔的儿化音，更添几分亲切。乡里乡亲，左邻右舍，男女老少，到处是亲切的笑脸。呼吸着充满泥土、庄稼气息的新鲜空气，听着“叽叽喳喳”的鸟叫声，心情倍感轻松、惬意……

（3）从小，父母就只叫我名字的最后一个字，“胜儿”，乡亲们也跟着这样称呼我。

（4）“胜”这个字，在方言土语中，有种字典里查不到的意思：当宝贝疙瘩哄着、宠着，“顶在头上怕吓着，含在嘴里怕化了”。在家乡，经常看到母亲哄孩子时，轻拍孩子后背，嘴里和着节奏，一遍又一遍地柔声地哼着：“噢，噢，睡觉觉，娘胜胜。”这是儿时在家乡听得最多、最美、具有浓郁地方特色的“摇篮曲”。

（5）说起我的名字来，大娘大婶们和父母亲一样，经常不厌其烦地讲述一个故事：我们家姊妹多，到我这儿，已经是第六个女孩儿。在我两三个月的时候，村卫生室给孩子们打预防针，轮到给我打针了，赤脚医生陆申爷问母亲：“孩子叫什么名字？”母亲说：“还没起名呢。”“没名字怎么行？临时想一个。”母亲脱口而出：“别看俺家闺女多，越多俺越胜，俺这个闺女就叫‘胜儿’了。”逗得人们哈哈大笑，有的笑得直抹眼泪，说：“你们家一个多头儿闺女，叫什么‘胜儿’啊！又不是什么缺宝，叫‘多儿’还差不多。”母亲坚决地说：“你们觉得是多头儿，俺觉得是宝贝。陆申叔，就给俺闺女写这个名！”

（6）二十世纪六十年代末，重男轻女的思想仍非常严重，尤其是在农村，“娶个媳妇满堂红，聘个闺女满屋穷”。丫头都是赔钱货。曾听说，有些孩子多的人家再生下闺女，就把布或报纸浸了水，蒙在女婴的脸上，只需几层，只需一会儿……在那个年代，没有计划生育措施，缺衣少食，重男轻女……母亲非但没有嫌弃我的到来，反而给我起这样一个名字，在别人看来简直是匪夷所思。直到现在，中年的我走在家乡的路上，一些老年人早已不认识我了，但是一听别人说，“这是胜儿”，混浊的眼睛马上明亮了，“噢，是胜儿啊！知道，知道！都认不出了。你小的时候……”

（7）长辈们还讲过这样一件事：我的一个在石家庄工作的

远房姑姑家，已经生了六个儿子，就盼着生个闺女，偏偏又生了儿子，刚好和我一前一后出生。在家里一言九鼎的奶奶开始盘算着换孩子，趁着探望坐月子的姑姑，奶奶小心翼翼地说出了自己的想法，没想到一拍即合，奶奶高兴得不得了，赶紧回家商议。没想到，一向温柔、顺从的母亲说什么也不同意，对奶奶言听计从的父亲也一反常态，支持母亲。这可惹下奶奶了，一想起这事，奶奶就拄着拐棍，迈着小脚，来到院子里骂："唉，真是榆木脑瓜！人家白胖的小子换你的丫头片子，哪找这么好的事！""人家条件比咱好得多，闺女换过去还能抱屈啊！""我都快入土的人了，还不是为你们着想！"

（8）1978年，经历了十年浩劫的中国，终于迎来了全国科学大会的召开，在《科学的春天》感召下，县里成立了重点中学，要在全县小学毕业生中招收一百名初一学生。那年，我正好小学毕业，有幸被录取了。消息传来，乡亲们奔走相告，父母在高兴、自豪之余，开始发愁、忙碌：父亲四处借钱，花五十元钱买了一辆半旧的飞鸽自行车，以后每个星期要用它接送我，因为家乡离县城十几里路程；把多年省吃俭用积攒下的粮食拉到公社的粮站，倒换成"粮食转移证"（相当于地方粮票），到学校后交给后勤；把母亲出嫁时的一个木制小鞋箱儿，重新用油漆粉刷一新，让我盛衣物；母亲买来一些花洋布，给我做了一床新被子，平时盖的都是粗布被子，免得到城里让人家笑话；扯几尺的确良布，做件新衣服，平时穿的都是姐姐们穿小的衣服，早已少颜无色，甚至打上了补丁……

（9）现在人们觉得几十元不算钱，可是在那个年代，一个工分只值两三角钱。我们家都是女孩子，大姐已经出嫁，四姐、五姐和我还在读书，二姐、三姐和男人们一样劳动，得到的报酬却比男人低，一年下来，剩不下几个钱。为我上学，家里拉下了饥荒。

（10）9月1号开学那天，下着大雨。中午，母亲包了过年时才能吃到的饺子。饭后，母亲亲手把十元大钞装到我的衣服口袋，在外边用力摁了摁，好像这样就不会丢失了。

（11）“带这么多钱干什么？”我问母亲。在这之前，经我手的钱最大面值是两毛。“学费、书费、伙食费，花钱的地方多着呢。穷家富路啊！别丢了。”那一刻，我忽然觉得自己长大了，要自己来安排自己的衣食住行了。母亲找来几块塑料布，给父亲和我的脖子里各绑一块，另一块裹住被褥。“去了学校，一定要吃饱，别太省细，要听老师的话，不要想家，一个星期很快就过去了……”母亲一边絮叨，一边抹眼泪。此时，我的心早已插上了翅膀，飞到了县城，飞到了学校。在这之前，我从没有离开过家，更没有到过县城。对于十岁半的我来说，县城充满着神秘和诱惑。父亲把臃肿的行李绑在后座一边，把我抱上自行车后座，嘱咐我坐稳，挽起裤腿，义无反顾地钻进雨幕。父亲吃力地推着自行车，踩着泥泞，深一脚浅一脚，向县城奔去，向学校奔去……狂风挟着暴雨，像鞭子一样，肆虐地向我们抽来。除了我们父女二人，公路上空无一人。茫茫雨幕中，父亲弓着背，用力地蹬啊、蹬啊……

（12）从那一天起，我和众多学子一样，像一只翅膀稚嫩的雏鹰，离开了父母的怀抱；从那一刻起，父母平添了对女儿不尽的牵挂，不尽的思念。“儿行千里母担忧”，不管女儿长到多大，在他们眼里，仍是自己的宝贝疙瘩——胜儿……

1. 文章首段的两句话有何特点？

____

____

2. 文章第五段写“胜儿”名字的由来，表达了母亲怎样的感情？

____

____

3. 插叙“和远方姑姑换孩子”一事有何作用？

____

____

4. 文章第十一段运用了哪些人物描写方法？

____

____

5. 试分析文章末段的作用。

____

____

参考答案：

1. 运用口语化的语句，具有浓郁的乡土气息，并奠定了本文的情感基调。

2. 表达了母亲对“我”的疼爱，并不因“我”是所谓的多头儿而减少半分的亲情。

3. 写出了父母和奶奶两代人观念的不同，进一步突出了父母对“我”的深沉的爱。

4. 语言描写，动作描写，心理描写。

5.（1）在结构上，呼应标题和首段。（2）在内容上，点明了文章的主旨。

柳笛悠扬

（1）童年时代，在贫穷阴霾的笼罩下，家家户户肚子都填不饱，更别说给孩子们买漂亮的衣服、高档的玩具了。然而，记忆中的童年生活却丰富多彩，妙趣横生：光滑的石子、玲珑的骨子（羊的膝盖骨）、饱满的杏核，甚至杨树长长的叶柄，都能成为孩子们的玩具。

（2）除此之外，还有一种大自然赐予穷孩子们的玩具——柳笛。它在发出天籁之音的同时，给孩子们带来了无穷的乐趣。

（3）阳春三月，下过一阵细雨，微风轻拂，天空湛蓝。几个八角、蝌蚪风筝在蓝天白云的衬托下，静静地飘荡着。田野里，麦苗已经返青；小河边，小草刚刚冒出，到处是一片新绿。微风吹来，清清的河水泛起层层涟漪。河堤上，一排排高大的柳树沐浴着春风，睁开蒙眬的睡眼，吐出黄绿色的嫩芽儿，远远望去，缥缥缈缈，像绿色的行云，袅娜升腾在广袤的原野上。

（4）一些柳树杈上，骑坐着几个男孩子，正在精心挑选柳枝儿。地面上，得到柳枝儿的孩子们正忙着拧柳笛，没有柳枝儿的孩子焦急地翘首等待，还有一些孩子用竹竿绑住镰刀，踮着脚，正钩低处的柳枝儿。

（5）柳笛的制作看似简单，实则细节多着呢：挑选出光滑、粗细适中、疤节少的柳枝儿后，截取一段，用小刀先将粗的一头的柳皮环割一周，去掉，露出木质，然后，轻轻地、一小段一小段地拧，每拧一下，“啪”，手指就感觉到树皮和木质脱离开了，等拧到所需的长度时，剪掉多余的柳枝儿，用牙叼住早已露出的洁白的木质，两手握住柳皮，慢慢地抽，一会儿，润湿、光滑的“白棍儿”出来了，嫩绿的柳皮筒就留在了手里。把柳皮筒较细的一头捏扁，刮去外面的青皮，露出水嫩的鹅黄色的“肌肤”。含在唇边，一股淡淡的清苦味浸到嘴里。

（6）我小时候很笨，看别的小朋友做柳笛很容易，可是自己总做不好，不是拧得劲儿大，把树皮拧破了，就是劲儿小，皮和木质仍连着，柳条抽不出来。好不容易央求别人帮着做一个，可怎么也吹不响，直憋得小脸儿通红，大口喘气。小伙伴们都笑我，有的就教我，不能用力太猛，得悠着劲儿吹。于是，我深吸一口气，徐徐吹进，柳笛果然发出“哼哼嘤嘤”的声音，但更像蚊子叫唤，羞答答见不得人似的。后来几经练习，终于不负众望，“嘟——嘟”，柳笛在我嘴里也发出清脆响亮的声音了，我高兴得欢呼雀跃，和小伙伴们一起边吹边玩耍，心里像刚吃了块水果糖。

（7）大概是因为自己天生愚钝，所以越发羡慕那些心灵手巧的伙伴们，大多时候，我只能静静地在一旁欣赏他们制作、吹奏。在众多的孩子中，有一个高个子男孩儿，经常穿一双露脚指头的鞋。他一出现，大家就停止吹奏，众星捧月般围拢了他。他做柳笛很特别，只见他像只灵巧的猴子，爬上树后，专挑选较粗的柳枝儿，做一个长长的柳笛。我们吹奏的柳笛两三寸不等，他拧的柳笛现在想起来，大约有数尺长，粗粗的，而且还别出心裁地在柳笛上挖几个“眼儿”，吹奏时，两手十指在“眼儿”上灵巧地跳跃着，于是，一首首如泣如诉的乐曲奇迹般流淌出来。在他的吹奏中，我仿佛看到了烈日下辛勤劳作的父老乡亲，仿佛看到了昏黄的油灯下纺线、做鞋的母亲，仿佛看到了饶阳、献县等地过来的面黄肌瘦的逃荒者……太神奇了！只听得我心驰神往、目瞪口呆。他叫什么？哪个村的？什么时候离开的？这大概是我最早的“青春偶像”吧。

（8）“嘟——嘟——”“呜——呜——”柳笛声声，抑扬顿挫，此起彼伏。这美妙的声音，引来了洁白的鸽子，唤来了乌黑的燕子；吹白了晶莹的梨花，吹红了娇艳的桃花；让吃草的羊儿抬头欣赏，令拉车的牛儿驻足回味……

（9）如今，各种中外乐器琳琅满目，各种音乐演奏数不胜数，然而，在我心中，那遥远的、悠扬的柳笛声才是世上最美妙、最纯洁的歌。

（10）那个会做带“眼儿”柳笛的男孩，如今在哪里？还吹柳笛吗？

1. 文章第三段描写了一幅怎样的图画？这样安排有何作用？

____

____

2. 文章第五段对柳笛的制作细节进行了描写，表达了作者怎样的感情？

____

____

3. 结尾一段两个问句寄寓了作者怎样的情怀？

____

____

4. 文中对“柳笛男孩”的人物描写运用了哪些方式？

____

____

5. 试分析文章第七段后半部分侧面描写的作用。

____

____

参考答案：

1. 描绘了一幅生机盎然的春光图，为下文写做柳笛、吹柳笛的情节做铺垫。

2. 对往事回忆的温馨，对童年时光的怀恋。

3. 对远逝光阴的轻轻叩问，对无情岁月的轻轻叹惋。

4. 外貌描写和动作描写。

5. 从侧面烘托了“柳笛男孩”吹奏柳笛技艺的高超，也写出了作者对其羡慕乃至仰慕的感情。

小寒大寒 杀猪过年

（1）“小寒大寒，杀猪过年。”一进腊月，上岁数的爷爷、奶奶们就开始念叨了。一想到飘在天空的、吹得大大的猪尿泡；一想到能当灯碗用的、猪蹄脚上褪下的“小皮鞋”；一想到软软的、肥得满嘴流油的大片猪肉；一想到采下的猪鬃能变换成一串冰糖葫芦或口袋里的几粒糖，我们这群孩子更是兴奋不已，跟着学舌儿，“小寒大寒，杀猪过年”。是啊，没有猪肉的年怎么能叫年呢？

（2）谁说猪儿笨？它们一定是听懂了这句俗语，感觉到自己的末日即将来临，要不，怎么一进腊月，各家的猪儿都蔫头耷拉耳，一副情绪低落、“苦大仇深”的样子，任凭女主人把冒着青草香味、红薯甜味、热气腾腾的泔水倒进食槽；任凭女主人“喽喽喽喽”的呼唤，猪儿卧在猪圈炕上，头都懒得抬，只把三角小眼儿的眼皮翻动一下，“哼哼”着，伸伸腿，换个更舒服的姿势接着睡大觉。

（3）也难怪，每年的腊月初七，村里的杀坊就开始盘锅头、支案板了。从腊八一直忙到腊月二十六七。说是杀坊，不过是一个空旷的、无人居住的院子，每年村里都在那儿定点杀猪。那时的农村，年关将近，几乎家家都会把养了一年的肥猪杀掉，卖一扇，自家留一扇。猪肉煮好后腌在小瓮儿里，过年时美美地吃几顿，剩下的细水长流地吃一年。

（4）腊月初八一大早，村里不断传来逮猪的声音：“嗷——嗷——”于是，我们一群孩子不约而同地循着声音跑过去。只见三五个壮汉气喘吁吁，正死死地摁住猪儿，有的摁脑袋，有的摁腿，有的摁猪拱嘴。猪儿怎肯乖乖就范？自是奋力反抗。这时有人拿来绳子，把猪儿的四条短腿死死地捆住，然后用一根棍子把猪儿抬起来，扔到小拉车上。因此，我私下认为，儿时农村春节的序幕，不是做新衣，戴新帽；不是包饺子，放鞭炮；更不是耍龙灯，踩高跷，而是在各家猪儿声嘶力竭的叫声中拉开的。

（5）猪儿上了车，惨叫声变成了哼哼，主人拿上盆啊桶啊等用具，装上柴火，喜气洋洋地推着猪儿去杀坊，后面，大人、孩子跟着一群，不用叫，多的是帮忙的人。

（6）杀坊里有一口大锅，大人们说那是足印锅。我家七八口人，做饭用的是五印锅或六印锅，人口再多些的人家用七印锅，足印锅有多大，到现在我也没能弄清楚，反正当时觉得是天底下最大的锅了。锅里已冒着腾腾的热气，锅底燃着熊熊的火焰。锅旁边是一个大台子，上面铺着木板；两棵树之间绑着一根胳膊粗的横木，上面吊着大小不一的铁钩子。

（7）杀坊那儿人就更多了。十来头待杀的猪已摆在场院。孩子们在人群中钻来钻去，追逐打闹。那些有心的孩子手里拿着自制的工具，在猪儿身上悄悄地拔猪鬃，长长的猪鬃一扽一小绺儿，一扽一小绺儿……然后，宝贝般收藏起来。那也许是他们口中香甜的零食，也许是他们的铅笔、作业本。除了猪儿嚎叫、反抗，大人们谁会和这些孩子计较呢。

（8）轮到谁家，人们七手八脚，帮忙把猪儿抬上案板，猪儿又开始惨叫了，蹬腿拧脖，使出浑身解数做最后的垂死挣扎。就有那粗心的人家，不知是绳子不结实，还是绳扣不紧，猪儿终于挣脱了绳子的束缚，拼命奔跑，于是，乡亲们左右迂回，前后包抄，围追堵截，帮着主家满院子逮猪。

（9）屠夫穿一件油光光的蓝罩衣，他并不急着杀案板上的猪，而是先把袖子高高地撸起，然后把长长的、放着寒光的杀猪刀，“嚓、嚓、嚓”地、夸张地在磨刀石上磨，边磨边和旁人拉呱说笑，还不耽误把别人递上的、卷好的叶子烟“喇叭筒”夹在耳朵后面。在这个“舞台”上，屠夫是绝对的主角，大人、孩子众星捧月般围着他。

（10）觉得磨得差不多了，屠夫用嘴噙住刀背，站在猪儿背后，麻利地用左手扳住猪下巴，左膝死死顶住猪后颈，右腿屈膝站立，右手持刀，在猪的脖颈正中斜刺一刀，“扑哧”一声，直捣颈动脉和心脏！只看得小女孩儿们心惊肉跳，赶紧捂住眼睛。

再睁开眼，喷涌的热血已“呼呼”地流进了早已准备好的盆子或桶里。怕血放不净，屠夫再把刀子搅和一下。猪的嚎叫声由大变小，渐渐消失。

（11）接下来，屠夫用刀子在猪后腿上割开一个小口儿，用一根长铁棍插进，顺着肚皮，慢慢地捅到猪儿身体的各个部位。然后长吸一口气，趴下，鼓着腮帮子，对着那个小口徐徐吹气；再吸气，再吹气……不一会儿，已经蔫塌塌的死猪变得滚瓜溜圆，肿得四脚朝天。这时，屠夫就会用细绳把吹气的口绑紧。

（12）常言道，“死猪不怕开水烫”，大伙儿帮忙，把圆滚滚的死猪抬进沸腾的锅里，推搡，翻过。待全身烫透后，屠夫开始刮猪鬃、猪毛，褪掉猪蹄脚上的“小皮鞋”。

（13）猪鬃、猪毛弄净了，黑猪变成了白猪。捞出猪，重新放到案板上，屠夫开始卸下猪头，然后，把无头猪钓到木杠的钩子上开膛破肚，取出五脏六腑，用砍刀从脊背处将猪一分为二。

（14）乌黑肥胖的猪儿变成了推车上两扇白净的猪肉，一个猪头，一挂连肝肺和半盆殷红的猪血。洗净猪大肠后，猪就算剥好了。不用掏钱，只须把猪小肠、猪鞭、猪鬃、猪毛等留给屠夫。主人推起车子，热情地招呼乡亲们，“明天中午都来啃骨头啊，血豆腐炒白菜，嘎渣儿饼子管够哦！”

（15）男孩子们兴高采烈地争抢废弃的猪尿泡、“小皮鞋”。抢到猪尿泡的，立马就把冒着骚味的尿泡吹起来，兴高采烈地一次次抛向空中，后面一群孩子追逐、争抢，别提多高兴了。

（16）到了漆黑的夜晚，一盏盏小油灯儿出来了，豆粒儿般大小的火苗儿在凛冽的寒风中摇曳，暖和了皴裂的小手，温暖了冰封的腊月，照亮了灰色的童年。

1. 文章开头运用了什么修辞手法？有什么表达效果？

____

____

2. 赏析第二段画线部分的妙处。

____

____

3. 本文在情节的处理上详略得当，其中，详写了什么内容？

____

____

4. 文章结尾一段有何作用。

____

____

5. 文章在语言风格上有什么特点？

____

____

参考答案：

1. 开头运用排比的修辞手法，把盼望新年快些到来的情怀表达得淋漓尽致，同时也起到吸引读者阅读兴趣的作用。

2. 第二段画线部分运用拟人的手法，把猪的慵懒特点刻画得形象生动。

3. 详写了屠夫杀猪的过程。

4. 点明了文章的主旨，表达了对“灰色的童年”的怀念。

5. 清新自然，带有浓郁的乡土气息。

水花儿

（1）水，从无数个高悬的莲蓬头喷涌而下，飞花溅玉，整个浴室氤氲在白茫茫的雾气中。细密的水线儿像顽皮的孩子的手，温柔地拍打着各具特色的胴体。浴室变得像仙境，缥缈、朦胧、变幻，“仙女”们雪白的躯体若隐若现。

（2）一位八九岁的长发小“仙女”或许是耐不住溽热的空气，踩着水花儿来到浴室门口透透气，脸蛋儿、耳朵、小嘴儿红通通的，透明发亮，湿漉漉的长发打成几缕，贴在消瘦的脊背上，长长的睫毛上闪烁着一层细密的小水珠儿。“搓——澡——五元；打奶，五元。”稚嫩的童音好奇地认读着更衣室墙上的价位表。

（3）声音吸引了另一位娃娃头的小女孩，她冲出迷雾，跑到浴室门口，不甘示弱地抢着往下念：“打蜜，五元，打盐，五元。”吐字像甩出粒粒蹦豆。两个童音争着往下读：“中药泡脚，十元。”

（4）“你上几年级？”长发小女孩柔声细语。

（5）“我上二年级。你呢？”娃娃头快言快语。

（6）“我也上二年级。”

（7）两个小女孩兴奋地聊起来。

（8）“你在哪儿上学？”

（9）“我在西内堡小学。我姥姥家在西内堡村，我跟姥姥长大。姥姥跟我可亲了。”娃娃头那小“机关枪”似的嘴里射出一串“子弹”。

（10）“奶奶不跟你亲吗？你奶奶家在哪里？”

（11）娃娃头低下了头，咬着指甲，半晌不言语。长发小女孩满眼疑惑，她伸出纤细的胳膊搂住短发小女孩，像个姐姐，关切而好奇地看着她。

（12）“听妈妈说，我三岁的时候，爸爸给一个小弟弟当爸爸去了，我不记得爸爸的样子，也不记得奶奶。”“机关枪”的速度缓慢，低沉，变得有点像“独眼铳”。

（13）长发小女孩也低下了头，说：“我奶奶跟我最亲了，上学都是奶奶接送我，奶奶还给我梳妞妞辫儿。爸爸在很远的地方打工挣钱，长这么大我没见过亲妈，更没见过姥姥。”

（14）仿佛被两个小女孩稚嫩的悲伤所感染，浴室里的雾气更重了，白茫茫一片。

（15）沉默！长时间的沉默！

（16）“哎！要不咱们这样吧，”蹦豆般快乐的声音又出现了，娃娃头朝四周偷偷地看了看，红红的小嘴儿凑到长发小女孩耳边，悄悄地说，“咱俩让你爸和我妈结婚吧，那样，我就有爸爸了，你也有妈妈了，咱们都有爷爷、奶奶、姥姥、姥爷了！”

（17）长发小女孩漂亮的长睫毛快乐地忽闪着。“嗯，好办法，回去咱们就给大人们说。”

（18）“耶——”两个小女孩高兴地拍着手跳啊笑啊，硕大的拖鞋溅出无数个美丽的水花。

1. 文章首段的环境描写有什么作用？

____

____

2．分析两个小女孩的形象。

____

____

3．画线部分运用了什么描写手法？

____

____

4．结尾一段表达了怎样的思想感情。

____

____

5．赏析文章构思的巧妙之处。

____

____

参考答案：

1．交代了故事发生的地点和环境，渲染了气氛，为主要人物的出场做了必要的铺垫。

2．天真、可爱，心怀着美好的愿望。

3．外貌描写。

4．表达了两个小女孩相信她们的想法一定能够实现的快乐心情，同时这也是作者的一个美好愿望，但这个愿望像“美丽的水花”容易破碎。

5．文章以两个小女孩在澡堂里相遇，然后通过语言描写互相讲述自家故事，反映了离婚率居高不下的社会现实，表达了孩子们渴望有个美满家庭的美好愿望。

“不孝”子

（1）“老天爷啊，我上辈子造了什么孽啊，我的命怎么这么苦啊……”

（2）一大早，张大妈的哭诉声随着刺骨的寒风吹遍了全村，在宁静的村庄格外刺耳。

（3）东邻快嘴李婶家的黑贝听到动静，冲着西院一扑一扑地狂吠，浑厚的声音引领起一曲群狗大合唱。

（4）李婶放下正要下锅的米，扯过床上的羽绒服赶紧往外走，边穿边嘟哝：“这又怎么啦，又是跟谁啊？”

（5）说话间李婶来到了张大妈家的院子。

（6）“嫂子，我不是早说了嘛，你有什么事喊我一声就行，我知道你这老寒腿又犯了。瓦罐他们又不在家……”李婶说着已风风火火地走到了张大妈屋里。屋里冷清清的，只见张大妈摔倒在了炉子旁边，灰白色的头发遮住了苍老的面容，两手拄着冰凉的水泥地面，挣扎着想站起来，身上沾满了炉灰。

（7）李婶想把张大妈扶起来，可是一个人扶不动，于是冲着西院大声吆喝：“墩子，快来帮忙呀！”

（8）见有人来，张大妈停止了哭声，但仍止不住地抹眼泪。

（9）墩子前几天刚回家，他虽和张大妈的儿子瓦罐在一个城市打工，但平时各忙各的，并不常见面。他披着一件棉大衣，叼着自卷的“喇叭筒”，“扑踏、扑踏”走来。

（10）连扶带抱，两人把张大妈弄到了床上。

（11）李婶拿起笤帚，一边帮张大妈打扫身上的炉灰，一边问：“摔坏了没有？活动活动，要不咱上医院检查检查去？”

（12）“花那冤枉钱干什么，没事，就是老胳膊老腿了，活动不灵便，没大事。”张大妈慢慢活动着手脚说。

（13）见张大妈没摔伤，两人松了一口气。墩子一摸暖气片，冰凉，便到院里拿柴火，张罗着生火；李婶赶紧拿起簸箕，把小山儿似的炉灰一趟趟清理出去，把屋子打扫干净。

（14）柴火燃着了，火苗儿呼呼有声，蹿得老高，把小屋照得红彤彤的。墩子在上面压好煤块，拿过脸盆，胡乱洗了一下满手的黑；李婶把屋子打扫干净了，拍拍手上的灰尘，两人守着张大妈坐了下来。

（15）“哎哟，你看看，你看看，这是怎么话说的，这真不落忍。”张大妈脸上有了笑容，一手拉着一人，感激地说：“都说远亲不如近邻，我算是修下好邻居了！唉，比我那儿子、儿媳妇还强……他李婶，你知道的，瓦罐爹那死鬼，早早地撇下我们孤儿寡母……我拉扯大瓦罐容易吗，可是他……”张大妈说着又忍不住抹开了眼泪。

（16）“瓦罐哥不错啊，人厚道，挺孝顺的，自己在外面舍不得吃，舍不得穿，连烟卷儿都舍不得买，总是卷‘喇叭筒’抽，攒点钱就寄回家来。”墩子说。

（17）“你那儿媳妇晓玲还不是和你一样，火暴脾气，刀子嘴，豆腐心，其实人也不错。自家的孩子嘛，多担待点儿，噢。”李婶劝道，顺手帮张大妈把头发捋到耳后。

（18）“要说也是，他们在外打工也不容易，可我心里就是觉得憋屈。咱就不说这老腿了。这不，去年一年没往家寄钱不算，过大年都没回来。我一人在家天天盼啊盼。今年元旦的时候，把孙子小龙盼回来了，谁知，这小王八羔子……咳，”王大妈叹了口气，似有难言之隐，“这小王八羔子把我的存折偷走了。”

（19）“不会吧。大妈，可能是你放在什么地方，忘了。过几天，兴许就找见了。”墩子说。

（20）“不能！我在棉袄里子上做了个口袋，我那存折啊，就缝在口袋里。你看，你看，”张大妈扯开棉袄，左一下，右一下，展示给李婶和墩子，“线都拆开了！哎哟，我可怎么活啊！”张大妈说着，又拍着腿哭上了。

（21）不知什么时候，屋里已聚集了不少老头儿老太太。

（22）“什么时候发现存折丢了？”

（23）“今天早上，我想，墩子他们也该回来过年了。天这么冷，家里煤不多了，就想取些钱找人送点煤，这才知道存折不见了。”

（24）“他偷存折干什么？不会是上网成瘾了吧。知道不？听说大城市有网吧，孩子们经常整宿整宿在网吧玩儿。”

（25）“不会是搞对象了吧。现在的孩子都早熟。”

（26）“不会，不会，小龙那孩子我知道，正气着呢，不会学那些乌七八糟的。”墩子说。

（27）“兴许孩子们有什么急用，来不及跟你商量。打电话问问，别把孩子冤枉了。”

（28）墩子忽然想起了什么，掏出旧手机，边查找电话号码边说：“是该问问。去年什么时候，我好像听说瓦罐哥得了肝……”咳咳！李婶忽然干咳起来。墩子一抬头，见李婶正冲自己使眼色。

（29）“瓦罐得干活挣钱不是。”老支书急匆匆赶到，铜钟似的大嗓门儿及时打断了墩子的话。

（30）墩子忽然明白了什么，他把手机放回了口袋，自嘲地说：“这破手机，又坏了，打不出去。”

（31）张大妈看着这一切，心里“咯噔”一下。

（32）老支书坐到张大妈身边，握着张大妈的手说：“瓦罐这孩子在外不易啊！嫂子，你的儿子是好儿子，媳妇是好媳妇，孙子是好孙子。”

（33）“我就是纳闷儿，存折哪儿去了，长翅儿飞了？”

（34）有人开始咬着耳朵说悄悄话，张大妈目光更加茫然。

（35）“嫂子，你要是急用钱，我立马就去给你拿，用多少，你说话！”村支书豪爽地说。

（36）“谢谢，谢谢，谢谢支书，谢谢乡亲们。唉，不提那存折了，反正也没便宜外人不是？煤我也不买了，等瓦罐他们回来了再说。”

（37）“唉，嫂子，这么想就对了。不过，煤还是要买的，我这就派人给你拉煤去，不会让你冻着的。”老支书拍着张大妈的手说。

（38）“墩子！”支书喊道。

（39）“有！”墩子“忽”一下站起来，来了个并不标准的立正。

（40）“这事就交给你了。”

（41）“得令！您就瞧好吧，这点事儿哪还能劳支书费心。”

（42）墩子滑稽的样子把老人们逗得哈哈大笑。

（43）忽然，笑容僵在了每个人的脸上，小屋里一下子鸦雀无声，气氛异常，人们齐刷刷把目光投向大门口。

（44）老支书扭过头一看，外面不知什么时候下起了雪，大片大片的雪花棉絮般悄无声息地飘落。雪花中，晓玲、小龙慢慢走来，母子俩互相搀扶，哭得泪流满面，小龙怀里抱着一个骨灰盒。走进屋，两人“扑通”一声跪在张大妈面前。

（45）晓玲从衣兜里掏出一个存折，双手递给张大妈：“妈，媳妇不孝，让您老着急了。存折是我让小龙拿的，瓦罐到死都没舍得花上面的一分钱……”

（46）张大妈目光呆滞，忽然晕厥过去。

（47）人们抹着泪，七手八脚地，有的给张大妈掐人中，有的揉心口，有的拍后背……

（48）张大妈终于缓过气来。她拍打着床铺哭道：“瓦罐啊，你怎么能把钱看得比命重啊！你这个不孝的孩子，怎么能撇下一家老小不管啊！”

（49）屋子里一片唏嘘。

1．文章首段在张大妈的哭诉声中写起，这样安排有什么作用？

____

____

2．李婶和墩子两人都是小说中的次要人物，试分析其作用。

____

____

3．画线部分写狗的反应，有何用意？

____

____

4．文章安排晓玲和小龙母女两人雪天回家的情节，有什么作用?

____

____

5. 如何理解题目中的“不孝”二字。

____

____

参考答案：

1. 这样安排设置了悬念，一下子抓住了读者的心，吸引读者阅读兴趣。

2. 李婶和墩子是贯穿全文的一条线索，是故事的见证者，增强了故事的真实性，也推动了情节的发展。

3. 通过写狗的乱叫狂吠，来渲染一种混乱不安的气氛，也暗示了人物的命运。

4. 揭开了谜底，使结构更加完整；情节的突转，在读者出乎意料的心态中，深化了主旨。

5. “不孝”中既包含了张大妈对儿子的一番误解，也写出了儿子不曾改变的孝顺之心，加引号，是正话反说。

石磨在诉说

（1）“‘恩农’有机农业种植园的面粉加工厂安装的是石磨！”“石磨又回来了！”人们奔走相告。这个消息像一把闪光的钥匙，开启了我尘封已久的记忆，我迫不及待地想看看，石磨还是记忆中那古老、沉重的石磨吗？顾不得盛夏炎炎烈日，我打车直奔“恩农”有机农业种植园。

（2）提起石磨，总让人联想到笨重、古老、落后、沧桑等词语。在农村生活过的中老年人，对石磨并不陌生：厚重的两扇磨盘，上扇有个圆洞，边缘有磨把，下扇有磨槽，通体发出冷冷的青光。人们一边把粮食放进上扇的洞里，一边身体前倾，用力推动磨把，磨好的粮食“簌簌”地从两扇石磨的缝隙流入磨槽。沉重的石磨犹如艰难的岁月，被人们奋力向前推动着，推动着……

（3）据传，石磨在战国初期就已被人们使用，二十世纪七十年代，农村出现了电磨，石磨才渐渐退出了历史舞台，石磨为人们兢兢业业地服务了两千多年。至今，还流传着一些和石磨有关的俗语，“磨扇压着手呢”，是说正有紧急的事情需要解决，和成语“千钧一发”的意思相似；“站棍”，是排队的意思。听老人们说，过去，每家每户的一日三餐，都要靠碾子碾，磨子磨，所以，推碾子使磨子，是每天必做的家务劳动之一。尤其到了年关岁尾，家家户户都要磨面，磨豆浆，村里仅有的几副石磨昼夜不停地唱着歌。人们端着要推要磨的粮食排队，就叫“站棍”。现在，一些中老年人见面仍然互相问，你站上棍了吗？直听得年轻人瞪着眼睛发愣，不知所以然。可见，在过去，石磨与人们的生活息息相关。

（4）我小时候因为人小力亏，没有推过石磨，只能“站棍”。记得那年年底，午饭后，母亲把泡好的黄豆放到一个大盆里，把大盆和我一同放到小车上，来到离家不远的一位大婶家。大婶家的磨坊外早已排上了几个大盆，都盛满了泡好的黄豆。院子里，站着好些人，妇女们叽叽嘎嘎地拉家常，孩子们在人群中钻来跑去。磨坊里，石磨正“咕噜咕噜”地唱着歌，人们不时地互相帮忙替换一下，一个人推磨时间长了，会头晕。母亲把大盆放在最后，对我说：“妮儿，轮到咱家还早呢，你在这里看着，我先回家忙去，一会儿就回来。”母亲交代完急匆匆地走了，留我一人独自守着大盆。

（5）寒风呼啸，院子里好冷，冻得我不时地呵手跺脚。前边磨完豆子的人一个个走了，后边又不断有人端着豆子来了，我家的大盆后，也排上了几个。到后来，我家的大盆前面已经没有盆子了，可还不见母亲的影子！尽管我已经等了一个下午，可还是希望前面那一份黄豆磨得时间再长些。如果这家磨完了，母亲还来不了，我该怎么办？后边的人家会不会加塞儿？娘，你怎么还不来啊！眼看天黑下来，磨坊里已点上了油灯，我急得“哇”的一声哭了，妇女们都停止了谈笑，过来关切地问我：“怎么了？谁欺负你了？”有的骂自己的孩子：“小兔崽子，一定是你淘气了！”我哭着说：“没人欺负我。”“那你哭什么？”我说：“我推不动磨子。”妇女们笑了，七嘴八舌地说：“这么多大人呢，还能让你个小孩儿推？”“好闺女，别哭了，你娘一会儿就来了，就是来不了，还有我们呢。”母亲匆匆赶来时，我家的豆浆正“汩汩”地流到石磨下面的大桶里。

（6）如豆的油灯下，母亲矮小的身材用力前倾，右手推动石磨，左手掌勺，不断往石磨里添加黄豆；瑟瑟的寒风中，人们还在等候……

（7）石磨，唱出了纯朴的乡风民俗；石磨，见证了人们生活的艰辛。

（8）不知从何时起，一扇扇石磨，被遗弃在墙角屋后，长满了青苔。被遗弃的仅仅是石磨吗？随着年龄的增长，时时怀念儿时“站棍”的场面，怀念那时纯朴的民风。

（9）长大后，常听母亲唠叨，电磨磨出的粮食，没有过去石磨磨的味道好，过去的馒头如何如何香。直到后来，我们吃着速养的猪肉，吃着速生的鸡蛋，觉得和过去的猪肉、鸡蛋味道确实不一样，难道母亲说的石磨和电磨磨出的粮食味道真的不一样？

（10）正回想着一幕幕往事，汽车终于赶到了“恩农”有机农业种植园的面粉加工厂。从外面看，面粉加工厂和相邻的建筑没什么两样，走进厂房大门，首先是一个消毒室，工作人员手脚都要进行严格消毒，戴上脚套，进入更衣室，换上干净、消毒后的工作服，经过消毒灯照射的消毒通道，来到加工车间。电机正带动着几个巨大的石磨隆隆作响，空气中散发着面粉特有的香味，几个全身上下包裹着，只露出两只眼睛的工人正在紧张地忙碌。我走近跟前，仔细审视着这个熟悉而又陌生的庞然大物，像看望久别重逢的老朋友，它比我印象中的石磨大得多，厚得多，直径大概有 1 米，厚 60 多厘米呢，在电机的带动下，这个庞然大物沉着地、从容地转动着，犹如一个历尽沧桑的长者在娓娓诉说，又像一个饱经风雨的歌手在深情歌唱，浅褐色的面粉簌簌地往下淌。王经理自豪地说：“现在人们生活富裕了，追求绿色无污染。咱们有机农业种植园就是适应消费者需求，种庄稼只使用有机肥，不使用化肥、农药、除草剂等。生产的面粉，是使用咱有机农业种植园里产的纯天然、无污染优质小麦，再经石磨研磨，保存了原色原味，口感特别好。”

（11）返璞归真，崇尚自然，既重发展，也重环保，社会生活又上了一个更新更高的层次。古老的石磨正谱写着一曲似曾相识却又崭新的歌!

1. 请指出画线部分主要运用的描写方法，并分析其作用。

____

____

2. 文章中间部分加入了大量关于石磨的回忆，试分析作用。

____

____

3. 文章第十段对王经理的语言描写有什么用意?

____

____

4. 文章语言有何特色?

____

____

5. 分析最后一段在全文中的作用。

____

____

参考答案:

1. 主要运用了动作描写，写出了推磨的不易，环境的严酷，同时暗示了生活的艰辛。

2. 作者从多角度回忆石磨，突出了石磨在人民生活中占据的重要地位，丰富充实了文章的内容，并与下文在古今对比中凸显了石磨重回种植园的重要意义。

3. 借助王经理的语言，点出了有机农业种植园生产的小麦优质、保存了原色原味以及口感特别好等诸多优点，同时增强了现场感和真实感。

4. 亲切自然，具有浓郁的乡土气息。

5.（1）呼应标题和开头，使文章结构圆合。（2）点明了文章的主旨，对有机农业种植园的做法给予了充分的肯定。

红色的杨树叶

（1）或许是司空见惯，对杨树早已熟视无睹；或许是这么多年一直仰视杨树，从没变换过角度观察杨树，所以，孤陋寡闻的我一直不知道杨树还有红色的树叶。

（2）我所知道的杨树叶子是：春天，新绿色，色泽鲜艳，有着丝绸般的光泽；夏天，碧绿，肥硕，充满生机；秋天，墨绿，干瘪，暗淡；初冬，杨树叶子走到了生命的尽头，寒风中，一片片半黄半绿或枯黄的杨树叶像翩翩飞舞的蝴蝶，从树上飘落。

（3）在长达四十年的记忆中，杨树叶子每年就这样周而复始地循环着，走完一圈圈生命的年轮。

（4）真得感谢那次春游，让我得以居高临下地俯瞰杨树，让我看到了红色的杨树叶。

（5）今年春天，我和几位文友骑自行车去野外春游，一上滹沱河大桥，就见远处干涸的河床上，大片的速生杨蓬蓬勃勃，郁郁葱葱。

（6）不一会儿，我们来到杨树林的高处，一棵棵杨树就在脚下。大小不一、浓淡各异的绿叶闪着绸缎般的光泽，它们像活泼的精灵，在阳光下欢笑、舞动。

（7）忽然，我发现在阳光最充裕的树尖，在众多绿衣“姊妹”的怀抱中，一个个新生的“婴幼儿”忽隐忽现，它们有的还是纤细的嫩芽，像在襁褓中；有的那绛红色的、娇弱的身躯半卷半开，像是刚睁开睡眼；有的身躯虽然已经舒展开，暗红色的“躯体”沐浴着阳光，但仍然那么娇小柔弱，让人心生爱怜。

（8）微风轻拂，树枝晃动，红色的杨树叶若隐若现，似有似无，一时间，我觉得恍恍惚惚，甚至怀疑自己的眼睛出问题了。放眼远望，几只黑羽毛、白肚皮、长尾巴的花喜鹊在绿油油的麦田时飞时落；农民在浇地，一道道白亮的水像银色的飘带在麦田间蜿蜒。所有的景物都是那么清晰。返回来再看杨树树尖，红色的嫩叶依然如故。呵呵，看来改变多年形成的思维定式还真不容易。

（9）常言说，耳听为虚，眼见为实。其实，“眼见”有很大的局限性，在不同的角度，不同的时间，不同的地点，不同的场合，眼睛会有不同的发现，会看到别样的风景，会给你意外的惊喜。这别样的风景和意外的惊喜丰富了我们五彩缤纷的生活。

1. 作者在第二段中，用了哪些修辞手法？从哪些角度描写了四季的杨树叶？

____

____

2. 第七段中，画横线的句子中“婴幼儿”是指什么？

____

____

3. 第八段中，作者为什么说“改变多年形成的思维定式还真不容易”？

____

____

4. 最后一段画线中“眼见”的局限性是如何造成的？

____

____

5. 这篇散文告诉我们：生活中不是缺少美，只是缺少发现美的眼睛。你是如何理解这句话的？

____

____

参考答案：

1.（1）运用了排比、比喻的修辞手法。

（2）是从叶子的颜色、形状这两个角度来描写的。

2.“婴幼儿”是指杨树刚刚长出的纤细、红色的嫩芽，以及娇小柔弱的红杨树叶子。

3. 因为作者亲眼看见的是红色的叶子，但受以往思维的影响，反而怀疑自己，觉得是自己看错了。可见思维固守会使人视而不见，因循守旧。所以才这样说。（意思对即可）

4. 因为人用眼睛观察事物时，往往受时间、地点、角度的限制。所见景物会因时间、地点和角度的变化，而景观不同。所以，才有“横看成岭侧成峰”和“不识庐山真面目”的诗句。（意思对即可）

5. 这句话是说：生活之中有很多美好的景物，因没人去发现和挖掘，往往不被大众所熟知。有了发现美的眼睛，才会觉得世界处处皆春天，生活每天都美好。（只要写出自己的认识即可）

春田护苗战

（1）去年深秋，冬小麦刚刚伸展出嫩绿、纤细的腰肢，一场罕见的暴雪劈头盖脸袭来，弱小的幼苗几乎遭受灭顶之灾。

（2）今年，惊蛰已过，冷空气仍然在冀中平原上施展着淫威。雪花，这个一度被人们赞美的天使，此刻却像白色的幽灵，在夜幕的遮盖下，悄无声息地飘落，飘落。春天，像个胆怯懦弱的小姑娘，在寒冬的余威震慑下，刚刚露面，又怯懦地躲了起来。

（3）那些劫后余生的麦苗刚刚返青，像初生的婴儿，娇弱无力。它们最需要的是温暖的阳光，和煦的春风，而迎接它们的却是冰冷的雪花。它们还没来得及体现生命的价值，就被一次无情的冷空气摧残了，它们被冻僵了，冻残了。一望无垠的大地上，麦苗像脱顶男人的头发，稀疏、矮小、枯黄！

（4）大地母亲仿佛发出了痛心疾首的呼号：快救救麦苗吧！

（5）农民是大地的儿子，麦田是农民的命根子。他们眼睁睁地看着麦苗惨遭蹂躏，束手无策；他们蹲在地里，深情地抚摸着寒风中瑟瑟发抖的稀疏弱小的麦苗，像抚摸奄奄一息的孩子，心痛不已！

（6）看，几个熟悉的身影走进麦田，不时蹲下身子，仔细查看苗情苗势。近了，更近了，原来是县植保站的技术人员们！

（7）农民们从四面八方朝着技术人员聚拢过来，一双双沾满泥土的手紧紧握着技术人员的手。

（8）“咱这麦子还有救吗？”一双双渴盼的眼睛盯着农业技

术人员，像溺水的人抓住一根救命稻草。

（9）“有救！”技术人员的话语坚定有力，“只要有麦苗，咱就不放弃。”技术人员拔下一株麦苗，耐心地讲解着，交流着，像是医生和病人家属一起商榷最佳治疗方案。听完讲解，农民们信心倍增。

（10）田野里热闹起来了：

（11）听，乡间小路上，传来农业技术站的广播车播放小麦管理办法的声音。

（12）看，手机上，发送着一条条灾后小麦管理的短信。

（13）问，你家领了受灾麦田追肥补贴款了吗？

（14）哗哗哗，那是清澈甘甜的水唱着欢快的歌，流进了麦田，滋润着羸弱的麦苗。

（15）呵呵呵，那是农民淳朴憨厚的笑声。

（16）党和政府的关怀，像和煦的春风，吹散了农民心头的愁云；像清澈甘甜的泉水，流进了农民的心田。

（17）于是，在中国华北平原上掀起了一场拯救麦苗，尽量少减产乃至力争丰收的奋战，与祖国大西南数省的抗旱斗争同时奏响了新年春天的农田交响曲。

（18）我们正以百倍的努力，索回这个春天应该给予我们的一切。

（19）相信，洋溢着勃勃生机的春天仍然是可爱的。

1. 文章第二段运用了什么修辞手法？试作简要分析。

____

____

2. 文章前五段主要写了什么内容？有什么作用？

____

____

3. 本文题目为“春田护苗战”，文中人们是如何护苗的？

____

____

参考答案：

1.（1）使用了比喻、拟人的手法。

（2）将“春天”比作“胆怯懦弱的小姑娘”，用“余威的震慑”把寒冬拟人化，把“雪花”比作“白色的幽灵”，生动形象地写出了突降的大雪，倒春寒的淫威，它阻挡了春天气温的回暖，使天气又回到了严寒之中，突出了麦苗面临的恶劣环境。（意思对即可）

2.（1）本文前五段写了倒春寒（或一场春雪）对小麦的摧残以及农民焦急心痛的心情。

（2）为下文“护苗战”做铺垫。

（3）农民焦急的心情和护苗成功的喜悦形成了对比。

（4）突出了党和政府对农民的关怀。

3. 在党和政府的关怀下：

（1）技术人员来到田间地头查看灾情，对农民进行技术指导。

（2）农业技术站利用广播车和信息媒体进行指导和宣传。

（3）国家给人民的补贴款及时到位。

（4）农民积极主动的配合和百倍的信心。